STIFTUNG
PREUSSISCHE
SEEHANDLUNG

Sie sind alle am Anfang ihrer schriftstellerischen Karriere, nicht älter als 35 Jahre. Die meisten suchen nach einer ernsthaften Herausforderung in der Literaturszene. Dazu haben sie die Chance – als Teilnehmerinnen und Teilnehmer des Open Mike in der literaturWERKstatt berlin.

Der Open Mike ist ein internationaler Wettbewerb junger deutschsprachiger Literatur. Schon längst ist er über die Grenzen Deutschlands hinaus bekannt geworden. Die Einsendungen aus der Schweiz und aus Österreich, in diesem Jahr auch Texte aus Frankreich, Italien, Luxemburg und Spanien belegen dies. Viele Autoren, deren Namen heute im Literaturbetrieb bekannt sind, haben ihre Karriere beim Open Mike in der literaturWERKstatt berlin gestartet. Dazu gehören z.B. Karen Duve, Tim Kron, Kathrin Röggla, Julia Franck, Terezia Mora, Jochen Schmidt und Zsuzsa Bánk.

Sechs Lektorinnen und Lektoren aus renommierten Verlagen – Heinz Ludwig Arnold, Rainer Götz, Stephanie von Harrach, Martin Hielscher, Werner Irro, Olaf Petersenn – haben riesige Textberge abgetragen, sich durch 529 in die Wertung gekommene Einsendungen gelesen und die 18 interessantesten Texte herausgesucht, deren Produzenten im November 2003 in die literaturWERKstatt berlin eingeladen wurden.

Der Open Mike ist eine Gemeinschaftsveranstaltung der literaturWERKstatt berlin und der STIFTUNG PREUSSISCHE SEEHANDLUNG. Mit freundlicher Unterstützung von Pro Helvetia, taz. die tageszeitung und DeutschlandRadio Berlin.

11. open mike

Internationaler Literaturwettbewerb
junger deutschsprachiger Autorinnen und Autoren

Alle Wettbewerbstexte

Der Allitera Verlag ist ein BoD™ Verlag der Buch&media GmbH, München. Dieser Verlag publiziert ausschließlich Books on Demand in Zusammenarbeit mit der Books on Demand GmbH, Norderstedt, und dem Hamburger Buchgrossisten Libri. Die Bücher werden elektronisch gespeichert und auf Bestellung gedruckt, deshalb sind sie nie vergriffen. Books on Demand sind über den klassischen Buchhandel und Internet-Buchhandlungen zu beziehen.

Weitere Informationen über den Verlag und sein Programm unter:
www.allitera.de

Der Verlag dankt der Projektleiterin Angelika Ludwig für die tatkräftige Unterstützung.

November 2003
Allitera Verlag
Ein BoD™ Verlag der Buch&media GmbH, München
© 2003 für die Anthologie: Allitera Verlag, München
© 2003 Texte: bei den Autoren
© Text von Franziska Gerstenberg beim Verlag Schöffling & Co., Frankfurt am Main, 2004
© Text von Carsten Otte bei Eichborn AG, Frankfurt am Main, 2004
Redaktion: Heike Hauf
Umschlaggestaltung: Kay Fretwurst unter Verwendung
eines Fotos von gezett.de
Herstellung: Books on Demand GmbH, Norderstedt
Printed in Germany · ISBN 3-86520-038-9

Inhalt

Martin Hielscher *Vorwort* · 7

Carolin Blumenberg *nichts* · 9
Nora Bossong *Fischköpfe* · 21
Manuela Branz *Sekundenschlaf* · 29
Renatus Deckert *Die Haarnadel* · 37
Kirsten Fuchs *Die Titanic und Herr Berg* · 42
Franziska Gerstenberg *Wachteln, Kinder, Konzentration* · 59
Petra Lehmkuhl *dosenpfand* · 65
Sünje Lewejohann *Schnauze von Himmel* · 70
Jörg Metelmann *Friedfische* · 78
Stephanie Mock *So ischt es.* · 90
Giuliano Musio *Salzwasser* · 99
Carsten Otte *Reise in die Vergangenheit* · 109
Veronika Reichl *33 funktionierende Maschinen* · 118
Roland Scheerer *Tarantino, Tamagochi* · 130
Anette Selg *Luna* · 140
Thomas von Steinaecker *Version* · 152
Achim Stricker *Varianten, sich das Leben zu schenken* · 162
Enno Zweyner *in unserem ward'schen kasten* · 169

Die Autoren · 178
Die Jury · 181
Preisträger und Jury 1993–2002 · 182

Martin Hielscher
Vorwort

Zwischen dem Jahr 1996, als ich zum ersten Mal als Lektor bei der Auswahl der Teilnehmer am Open Mike beteiligt war, und diesem Jahr, in dem ich nun ein zweites Mal diese Aufgabe hatte, hat sich nicht nur beim Open Mike viel getan, der Veranstaltungsort verlagert, das Echo gesteigert, der Stellenwert erhöht, dazwischen lag eine Art Boom der deutschsprachigen Gegenwartsliteratur, der die Landschaft verändert hat. Jetzt hat sich die Aufgeregtheit wieder gelegt, die Vorschüsse sind gesunken, Debütanten haben es wieder schwerer, und da es in den letzten zwei Jahren dem Buchhandel und den Verlagen nicht nur gut gegangen ist, ist der Weg vom »Schreiben« zur Autorschaft und zum Verlegtwerden allgemein wieder etwas weiter geworden. Gleichzeitig hat es einen Professionalisierungsschub gegeben. Vom Deutschen Literaturinstitut in Leipzig, der Autorenwerkstatt im LCB und der Nachwuchsförderung im Nordkolleg Rendsburg über die Universität Hildesheim, das Studio für Literatur und Theater in Tübingen und »manuscriptum« an der Universität München bis zum »Klagenfurter Literaturkurs« gibt es inzwischen so viele Instanzen der Ausbildung, Förderung, Auswahl und Betreuung von jungen Autoren bzw. Anfängern, dass es fast schon wieder zuviel des Guten geworden ist. Auf der anderen Seite ist das handwerkliche Niveau der Texte, die man in diesen Zusammenhängen zu lesen bekommt, deutlich gestiegen. Es tauchen viel häufiger an einem Ort Autorinnen und Autoren auf, die man woanders auch schon entdeckt hatte, die Vorauswahl greift früher, nachhaltiger, die Schreibenden sind viel besser informiert, abgeklärter, der Betrieb viel besser bekannt und viel früher zur Stelle. Ist derjenige, der heute beim Open Mike einen Preis gewinnt, nicht viel schneller etabliert als in den Anfängen oder noch vor ein paar Jahren?

Dennoch, das anonymisierte Verfahren, die internationale Ausschreibung, der große Zuspruch, das öffentliche Interesse sorgen weiterhin dafür, dass der Open Mike überraschend bleibt, wie gute Literatur selbst. Denn bei allen schnellen Erfolgen gerader junger Autorinnen und Autoren der letzten Jahre, bei aller Abgeklärtheit und Professionalität, die dann manchmal auch dazu führen kann, dass man sehr gut gemachte Texte liest, in denen nichts drin steht, kann man ruhig daran erinnern, dass – gute – Literatur riskant ist, für den, der sie schreibt, für den, der sie liest, für den, der sie verlegt. Die verwechselbaren Mainstream-Programme bringen uns nicht weiter, auch keine gut gemachte, aber erfahrungslose Literatur. Komik, ja, Absurdität, Schmerz, Unberatenheit, die fliehende Zeit, ich möchte als Leser, als Lektor die Notwendigkeit spüren, ich sehne mich nach einer Literatur, die einen existentiellen Grund hat und die die Welt nicht verwirft, sondern sich ihrer annimmt. Ich wünsche mir eine partisanenhafte Literatur, Selbstpreisgabe, ja, Mut, nicht dieser Beton des aus den deutschen Intellektuellen nicht herauszubringenden Affekts gegen die Wirklichkeit, die sich erst in der Sprache öffnet, aber nur in einer Sprache, die auch dorthin will. Literatur muss notwendig sein, und das Aufregende ist, man findet diese Texte dann doch, und die Maschine läuft weiter, die Maschine, die Leben und Literatur, Öffentlichkeit und Markt, Wunsch und Wirklichkeit zusammenbringt und die wir selbst sind.

Carolin Blumenberg
nichts
Gedichte

dabei

Es war eine jener Maßnahmen, um das Leben besser zu ertragen,
und dann kaum erträglich dieser Anblick
von dünnen, blassen Gliedmaßen, eingespannt in den Apparaten,
und der braun gebrannte Mann in geschmeidiger Freundlichkeit
beim Aufnahmeantrag: Der Blitz kam aus der Anlage wie ein
                                        Schuss,
und als sie später in dem flirrenden Studiolicht der Straßenbahn
das Photo auf dem neuen Mitgliedsausweis betrachtete –
eingeschlossen in dem dünnwandigen Ort, der sie
an die Dunkelheit gelehnt gemeinsam mit den andern forttrug –
da konnte sie sich hinter der großen gelben Stoffsonnenblume,
die es hochzuhalten galt, kaum erkennen.
Den Kopf sanft zur Seite geneigt, als ob darunter
der Hals gleich wegbricht, die Augen ernst und matt, nur
halb geöffnet, und um den Mund ein Anflug von Lächeln, fast
flehend (sie sollte »Donnerstag« sagen) –
es war, als würde das Fleisch von den Knochen fallen.

nichts

… den Blick noch in einer Ahnung zur Seite gewendet, kam
der Stoß von hinten, eine plötzlich quer getriebene Bewegung
                                                zu der
des Zuges aus dem Hinterhalt,
dann: Fallen
in einer Dehnung, als würden die Haare auf ein rasendes Rad
gewickelt,
ein hellblauer Stofffetzen im Augenwinkel sprengte die Pupille,
                                                und
die Wucht der Masse traf,
zerquetschte und trat hindurch durchs Innerste
in geschwärzter Röte –

doch es geschah nichts.

Mit einem Mal papierflach, um eine Dimension gebracht,
trat der Mann an die Böschung des Gleisrands,
ein Schatten, ausgeblendet vom Lichtstreif des Zuges.

Hotel am Meer

Als ob etwas passieren müsste, als ob
im Hintergrund schon etwas anschleicht,

das sich noch nicht zeigt, gerann
ein lang schon Abgelegtes käsig
in der gesammelten Wärme einer Nacht,
nachdem es sich gerade dehnen wollte – andererseits,

andererseits war dieser Morgen vor den Fenstern
nicht weniger verhüllt, die Luft
nicht weniger gesättigt und beschwert
von einem matten Weiß wie dieses Fleisch –
(Wer zöge sich als Erster aus, wer ist
zum Tag bereit?)

Alle Wege schienen unbegehbar, alle
Häuser unberührbar, auch der Kirchturm,
dessen klares Läuten doch nichts klärte,
und undeutlich verschwamm der ferne Schiffsverkehr.
Nur das war deutlich: Was immer geschähe,
es geschähe
gleich unsichtbar. Beim Aufstehen würde es

schon vorbei sein,
und die bequeme Endgültigkeit dieser Gedanken
ließ in der angestauten Hitze die Milch
in den Adern fest

werden.

Unter den Linden 6 (Im Umbau)

Unter hohen Fenstern, die
tief stehende Sonne legt ihre Kreuze
aufs Gesicht, dass es ganz schwer wird – hoch
wie etwas, das einen Anspruch auf Ewigkeit befestigt –
durchdringt ein Rauschen auf der Bewusstseinsschwelle
kaum hörbar das Gebäudeinnere,
ein unsichtbarer Strom, der
die alten Mauern leicht macht und den strengen Geruch
nach staubzerfressenem Holz
und den Lösungsmitteln weißer Farbe.

Fast ein Gesang aus längst verklungenen Stimmen,
ein körperloser Atem, eine Musik der Leere,
vom Summen der Türen gefüllt, die
sich berührungslos öffnen,
von den Kopiermaschinen, deren Blitzlichter
Schlag auf Schlag
gesenkte Gesichter erhellen und ausblenden
und einen Schmerz in die Netzhaut brennen, als
sähen die Augen zum ersten Mal die Sonne –
und zum letzten?

Hin und wieder fallen Wände: Sirenen,
die sich wie ein drehendes Band am Gehörrand
entlang rollen, von vorn nach hinten,
den Raum vergrößern um ein Jenseits, in das
die Worte aus dem Innern nicht mehr herüberreichen.
Von den umliegenden Baustellen, kontinuierlich, erschüttern
Presslufthammer, Sägen, Bagger die Fundamente
und lassen alle, auch die lauten Sätze wie zitternde
Schaumkronen auf einem rauschenden Meer abtreiben.
Der Kampf ums Fenster: zwischen Verstehen und Ersticken.
Einer schließt es, einer öffnet's wieder.
Rede und Antwort sind zarte, blasse Hallblasen,
die man, weit ausgestreckt, berühren möchte,
damit sie platzen.

draußen

Ein regenschwerer Geruch
nach modriger, laubbedeckter Erde und auf einmal
krochen sie wieder aus den Gedächtnislücken: die
Rentnergrüppchen mit ihren grauen Klettverschlussanoraks
und hochgeschnürten Wanderstiefeln, die damals,
bevor an einem andern Ort die Reaktorwände rissen,
mit uns (›holterdiepolter‹) auf dem Waldparkplatz
aus ihren sauberen Autos stiegen und tief durchatmend
(›dieser Duft‹) zum Pilzesammeln in die Büsche aufbrachen –
doch in der Erinnerung war es, als hätten wir den Parkplatz
                                                      niemals
verlassen. Später dann im Forsthaus
Rehrücken mit Rotkohl und Preiselbeeren (›zünftig‹)
und die Herzen waren randvoll kleiner Eichelmännchen, die
wir aus Streichhölzern bauten.

Ein Kuss

Die Straße: breite Ader,
um die die Nacht
sich gelegt hat, die die Nacht fest umschnürt hat,
nichts stockt,
alles fließt
noch. An den Rändern schwache Lichter:
Membranenrisse. Atemloses Lauern
auf das kleinste Gerinsel – dunkle Körper, die
vielleicht nur Schatten sind.

In einer Spalte in einem Parkstreifen taucht
eine fellartige Verklumpung auf – ein Tier –
aufgepasst – oder eine Jacke? – oder
eine Perücke? – oder ein aufgespießter
Handschuh in den Zweigen …?
Pilzartig wächst eine zweite Wölbung
daraus hervor: Wollgeschwür –
Erschrecken. Gedanke an die siamesischen Zwillinge
auf den Bildern einer Illustrierten,
deren Gesichter jeweils die Kopfgeburt des Anderen,
deren Sprechen entweder Einflüstern oder Vorbeireden,
deren Blicke nur über Spiegel sich erreichen.

Unter dem Fell ist noch ein dünnes Band
zu sehen, das im Näherkommen zu
pulsieren scheint und langsam
anschwillt …

Dann: die Lösung.

Weitergehen.

Wochenende

3 Beine 2
Arme teilweise. Striche
durch die Nacht. Grau
und rötlich. Aufgelöst,
blass. Die Augen im Schatten,
verschmolzen, verloren, sind
gierig und öde. – Ein Schlag fällt –
wie ein Same,
den keine Erde aufnimmt.
Es gibt ein Lachen, das größer ist als der

Morgen, das fürchte ich.

Sieh mich.
Vergiss mich.
Zerstreue

wie das Licht die Gedanken.

Sommerlied

Einzig deutlich
heben und senken
sich leuchtende Schwingen
durch die Anspannung der Schläfen
und schlagen lose Flächen zu Fall,
die verschwommen in einem Bogen
nach den Rändern fliehn ...
   Je mal
zum einen, mal zum andern, mal zum
einen, mal zum andern, mal zum einen,
mal ... Ein Bein aus Stein, eins
   flügelleicht ...
Ein dumpfer Druck ist Zentrum, ein
kühler Schauer aufgeblähter Mantel –

Bleib stehen:

Bist du ausgestopft? – Siehst aus wie Stroh.

Blau ist das Gras des Sommers
durch den Lichtspalt deiner Augen.

Und um die Taille gedreht,
kreiselnd und stolpernd,
fällt eine Sonne
nach der andern hinab.

Mai

Rosaroter Teppich, breitgetreten,
angehäuft und abgelagert in den Ecken. Keine Konfettispuren
nach wilder Feier, eher Ätzungen in grau-
verstaubtes Fleisch, über das sie laufen;
haltlos auf dem, was unter ihnen liegt,
spüren die Fußsohlen den Schmerz dieser Wunden, als
wärn's die eigenen.
Zu heiß, zu süß, zu schwer ... narkotisch vereinigt die Luft
alle Gedanken im Niedersinken
und die Formen leisten kaum Widerstand vor der Erlösung.
Doch von unten um die Knöchel zieht ein messerkalter Wind.

Für einen Augenblick war jeder Schrei so ausgehöhlt
jeder Schlag, jeder Ton eine affektierte Geste, die Musik
eine giftige Apotheke, aus der wir uns bedienten,
eine käufliche Endlosreihe von Gefühlen, die uns
von unserm Leben fernhielt. Doch der nächste Blick aus dem
                                                                  Fenster
auf die frühmorgendliche Kreuzung, die Ampelschaltkreise
                                                                           genügte
und alles schien wieder legitimiert, was wir hier taten.

Noch einmal

Auf dem Tisch das leere Glas
entstand der Gedanke
Den eingetrockneten Saftrand die Fettfinger
Es aufzubrechen

Und ich sehe uns im Regen am Ufer sitzen
Die Decke wird klamm und die Wellen
Bilden eine alte zerrissene Haut
Dunkler und dunkler voll haarfeiner Splitter

Doch ich tue nichts dafür
dich noch einmal in mir zu haben

Vorstadt (Im Wintergarten)

Wartend im verglasten
Garten, tränentrübe
vom Dunstwasser. »Kein Entrinnen«
mahnten Schilder, die
wie Vögel aussahen. Schwarz
und silhouettenhaft machten sie Angst
und reizten die Sehnsucht
nach den 8-Uhr-Nachrichten und
den Tagesthemen, nach denen
wir dann so geborgen waren.

Nora Bossong
Fischköpfe
(Textauszug)

II

In der Nacht gehen mein Bruder und ich über die Felder, wir stehlen die Autoreifen von den Planen der Bauern und rollen sie in den Wald über Hahnenfuß und Nesseln. Mein Bruder sagt, das sei es, was die Leute in diesem Dorf machen sollten. Die Reifen riechen nach Urin und die Hand meines Bruders riecht danach, die er mir an die Wange hält. »Fühlst du? Zu kalt.«

»Du bist selbst Schuld«, sage ich, er trägt eine kurze Hose und seine Beine sind bis zu den Knien zerstochen von den Nesseln. Wir folgen der Reifenspur.

»Wegen mir sind wir nicht hierher gekommen«, sagt er.

Einer der Reifen ist in einen Busch gerollt, dabei hat er den Eingang eines Fuchsbaus eingedrückt. Friedjof schläft in seinem Wandbett oder er sitzt im Hof und wartet darauf, dass die Nacht aufhört, so wie wir es tun, nur dass er Steine dabei in den Garten des Imkers wirft. Ich hocke mich hin, die Blätter des Buschs sind glatt und lassen sich zerbrechen wie Oblaten. »Willst du jetzt auch noch Füchse suchen?«, fragt mein Bruder.

Er weiß, dass ich zu feige bin, um Reifen zu stehlen. Auf die Strohhügel ist er geklettert, er ist auf der Plane mit seinen Sandalensohlen weggerutscht und hat erst geflucht, als er schon oben stand. Er hat mir die Reifen angereicht, ich habe sie lediglich nicht fallen lassen wollen.

Und mein Bruder hat gesagt, zum Teufel mit dem Hahnenfuß und hat die Reifen angestoßen, als könne er mit ihnen alles Unkraut niederkegeln. Ich bin nur der Reifenspur gefolgt.

Daran hat es nicht gelegen.

So nah am Hang hätten die Frauen nicht stehen sollen.

Wir haben sie gesehen, wie sie die Fischköpfe aus dem Wasser zogen, nur die Köpfe, sie schlugen sie mit riesigen Küchenmessern ab, die Schwänze bewegten sich noch im Wasser. Sie haben gelacht dabei und sich nach links umgesehen, sich zugenickt, nach rechts gesehen und geschwatzt. Ich habe nicht verstanden, was sie sagten, und auch mein Bruder behauptet, es nicht zu wissen. In ihre falben Kittel haben sie die Fische gewickelt und so laut gelacht, dass sie auch die letzten Töne des Riesenrads übertönten. Nur die Gondellichter blinkten zu hoch über den Bäumen. Rot. Blau. Gelb.

Rot sind hier die Hände der Frauen, sie waschen sich mit Eiswasser jeden Morgen, und blau die der Männer, die rauchen, bis sie auch ihre Zigarettenhand brauchen für etwas, von dem es hier nicht viel gibt. Gelb ist der Hahnenfuß, der auf den Feldern steht, als wäre das alles, was sie hier können: Hahnenfuß anbauen und Zigaretten zwischen die Blüten schnippen.
Das sagt Friedjof. »Mach dir nichts draus«, sagt er.
Wenn der Tag anfängt, ist die Luft rot, wird dann grauer und am Abend kommt das Rot wieder am Rand der Häuser, Bäume, am Horizont, wie in den Konturen einer Brandwunde. Im Sommer ist der Tag ein verbranntes Stück Haut.
Wir gehen schwimmen ohne meinen Bruder und Friedjof sagt, ich sei schön. Mein Busen sei schön. Was nun sei schön, frage ich, er will nichts mehr davon hören, er schwimmt. Seine Schulterblätter auf dem Wasser wie herausgewaschen. Ein Fixpunkt. Nur das Wasser bewegt sich, die Beckenkacheln.
Beim Tauchen verkürzt sich der Tag auf eine Hallenbahn, rot, grau, dann die Konturen. Friedjof sagt, eine Bahn zu tauchen sei das mindeste. Meine Augen brennen bis zum Lidrand, das Chlor lässt die Wimpern in die Hornhaut wachsen. Neben mir apricotfarbener Stoff, ich ziehe kräftiger mit den Armen. Mein Busen ist schön, ich tauche auf, drehe mich auf den Rücken, überdehne die Bänder längs des Kehlkopfs, dass mir das Wasser gegen die Stirn schlägt. Ich höre die Frauen neben mir atmen. Vor mir das blaugespülte Wasser über dem Badeanzug. Die Schwimmzüge der Frauen sind kurz wie ihre Blicke, die bis zum Springturm reichen, bis zu den karierten Hosen der Klassenbesten, die dort oben stehen. Ich sehe durch das Panoramafenster auf den Waldrand, da steht eine Blockhütte mit eingefallenem Dach. Zu Silvester, hat Friedjof gesagt, haben sie das Holz angesteckt. Er drückt seine Knie gegen das Geländer des Turms und springt nicht.

Das Chlor färbt gelbe Flecken in meinen Nagellack, sie sehen aus wie die Augen auf Falterflügeln. Ich tauche sie ins Wasser. Die violetten Haare der Frauen haben sie unter die genoppten Badehauben gestopft und der Schwimmlehrer pfeift. Friedjof hat es nicht einmal von der Fünferhöhe geschafft. Seine nasse Shorts glänzt, als hätte ich ihm meinen Nagellack um die Hüften gestrichen. Die Lippen des Schwimmlehrers haben keine Farbe.

»Einige haben Angst vor ihm«, sagt Friedjof, »aber ich nicht, ich erschreck mich bloß, wenn er pfeift, und manchmal fällt ihm die Pfeife ins Wasser, dann schickt er mich nach, im Tauchen bin ich gut, dann kommt es auch nicht mehr aufs Springen an.«

Wir trinken Cola an der Plastikbar vor dem Besucherfenster. Zwei Frauen in Regenmänteln stehen vor der Scheibe, eine winkt in die Halle, die andere drückt ihre Handkante an das Glas und sucht den Raum ab. Eine Lautsprecherstimme sagt die volle Stunde an, das Wasser setzt sich in Bewegung, der künstliche Wellengang. Die Kinder rennen ins Wasser, als sei das nun der Ozean und in der restlichen Zeit eine tote Pfütze. Sie schreien und schlucken Wasser. Meine Fingerspitzen um den Flaschenhals. Zehn Falterflügel. Drei wären schon zu viel.

Der Wellengang hat wieder aufgehört, die Kinder schreien nicht mehr und stehen mit hängenden Schultern im flachen Teil des Beckens. Friedjof steht auf, er stößt mit den Knien gegen den Plastiktisch und fängt die Colaflasche im Fall.

»Noch ein Runde«, sagt er, »wartest du so lange?«

Er nimmt Anlauf, krümmt sich zusammen im Sprung, das Wasser spritzt bis zu den Liegen. Friedjof taucht nicht mehr auf, die Frauen schwimmen eine Kurve um ihn, die Frauen am Besucherfenster sind verschwunden. Ich warte minutenlang, er muss irgendwann Luft geholt haben, ich habe es nicht gesehen.

Friedjof taucht zu gut. Ich möchte ihn herausholen aus dieser Stadt, in der es nur das Becken gibt mit den Weichgummiköpfen in Weiß und Rot, den Frauen, die ihre Arme nicht weit genug strecken können für einen Schwimmzug. Wenn sie am Beckenrand anschlagen, lösen sie ihren Schließmuskel eine Sekunde lang und lassen Urin ins Wasser laufen. Nach jeder Bahn. Jede Frau. Darum wurden dunkelrote Kacheln verbaut, damit es die Farbe der Frauen überdeckt. Friedjof weiß nicht, dass er zu gut taucht, er weiß nur, dass alle sagen, er sei der Beste. Er hat es hören wollen. Er strengt sich an und wird immer besser. Zuerst ist er zwei Schwimmzüge zu lang getaucht, jetzt eine halbe Bahn und bald taucht er dreißig Sekunden zu lang. Einmal werden sie die Plane über das Becken ziehen, während er auf das schlängelnde Gestrüpp am Boden sieht. Die Arme durchzieht.

Er zeigt mir die Hütte, unsere Poren sind noch geweitet von der Schwimmbadluft. »Siehst du«, sagt er, nimmt meine Hand und legt sie auf die Kohlebretter. Das Holz zerfällt, wenn ich dagegen drücke mit dem Nagel, es macht ein Geräusch wie die Kieferknochen der Fische. Ich möchte meine Finger auf Streichhölzer spießen. Friedjof setzt sich auf den Boden, vor seinen Füßen eine Deodorantflasche.

»War das vor dem Imker?«, frage ich ihn. »Nein, danach«, sagt er, »aber das hat gar nichts miteinander zu tun. Es hat nicht immer alles miteinander zu tun hier, auch wenn die Stadt klein ist.« Ich solle mir nichts darauf einbilden, dass sich die Leute wiederholen, das sei meine Schuld, ich sähe mir nur ihre Bewegungen an und wie solle man sich auch bewegen, wenn Schwimmen das Einzige ist, was sie hier unterrichten. Im Gebüsch liegt eine tote Katze, ihr ist die Haut an die Knochen getrocknet.

Friedjof sagt, hier gäbe es viele Zecken. Die hängen nicht in den Bäumen wie Marillen oder Borkenkäfer, sondern schlafen im ungemähten Gras, bis die Mädchen mit ihren dünnen Beinen Hüpfen spielen. »Hier haben die Kinder viele Zeckenbisse. Es gibt einen Arzt, der nur mit einer Zeckenzange arbeitet, er dreht sie ihnen heraus, den ganzen Tag lang dreht er Zecken aus den Nacken und Kniebeugen der kleinen Mädchen. Die großen wissen, wie sie's selber machen. Sie gehen nicht mehr zu ihren Müttern, sie zeigen die schwarzen Punkte nicht mehr her. Manche schämen sich. Ein Junge hat einmal Hirnhautentzündung bekommen, der ist verrückt geworden davon. Seitdem schämen sich die Mädchen, die hübschen vor allem, weil sie um alles nicht verrückt werden wollen, weil sie meinen, dann zerfällt ihnen das Gesicht.« Friedjofs Kerbengesicht. Er kaut auf seiner Zunge.

Das Weißbrot, das man hier zu jeder Tageszeit isst, schmeckt nach ranziger Butter und nach dem Parfum, das sie auf die Brote sprühen, um die Insekten abzuhalten. Hier sind in fast allen Äpfeln Würmer und in manchen hocken mehrere im Gehäuse. Weiße Kerne, sie ziehen ihre Leiber zusammen und schieben sie auseinander. Ich habe es beim Frühstück heute Morgen gesehen.

»Friedjof hat Angst«, sagt mein Bruder, »er liegt zu Hause und denkt an den Fahrscheinautomat.«
»Er muss das Springen üben«, sage ich. »Er ist nicht bis zum Fünfer gekommen.«
»Angst, das sag ich doch. Er kann nicht einmal in die Schaufenster sehen, er weiß, irgendwo liegen die Fische da auf Eiswürfeln.«
»Er kommt ja hierher«, sage ich.
Wir essen das Weißbrot, das drückt sich in unseren Mägen zusammen zu riesigen Apfelmaden und es saugt den Alkohol auf, sagt mein Bruder und bestellt mir noch einen Pernod. Die Eiswürfel schmelzen sich glasig, im Innern bleiben sie weiß, als wären haarige Insekten darin eingefrostet. Im Pernod kann man den Alkohol schlieren sehen. In den Zimmerecken hängt die Stimme der Riesenradsängerin, wir sind die einzigen Gäste im Raum und der Kellner pfeift den Schlager mit.
Der Fisch, den er uns bringt für zu viel Geld, weil er weiß, dass wir nicht von hier sind, schmeckt nach zu trockenem Fleisch. Steckte nicht bei jedem dritten Bissen eine Gräte zwischen meinen Zähnen, würde ich nicht glauben, dass es eine Forelle ist, die sie ins Paniermehl eingebraten haben.
»Sie lügen hier ohnehin«, sage ich meinem Bruder.
»Das wünschst du dir«, sagt er und kippt sich Wein aus der Karaffe über den Fisch.
»Zumindest ›Ja‹ hätten sie sagen müssen, mehr nicht, aber ›Ja‹ hätten sie sagen müssen.«
»Geholfen hätte das nicht.«
»Gerade darum verstehe ich nicht, dass sie lügen.«
»Aber sie lügen doch nicht«, sagt mein Bruder und fasst nach meiner Hand. »Die Stadt hat mit uns nichts zu tun. Wir sitzen hier und essen ihren Fisch, mehr ist es nicht.«
»Das reicht«, sage ich und ziehe meine Hand weg.
»Du bist die Einzige, die die ganze Zeit lügt und kein schlechtes Gewissen hat deswegen.« Er lächelt und wirft mir eine Kusshand zu, dann bestellt er sich neuen Wein, der Kellner nickt und das Licht wird gedimmt.
»Ich bin sicher, dass es noch einen Hinterraum gibt«, flüstere ich meinem Bruder zu. »In dem sind alle Tische besetzt.«
»Und dein Friedjof steppt darauf zwischen den Gläsern.«
Der Kellner bringt den Wein und eine Kerze, seine rot gefleckte Hand zittert. Er riecht nach altem Kaffeesatz und Pfefferminz.

»Ich weiß auch nicht, warum Friedjof nicht kommt.«
»Bringt seine Mutter ins Bett und legt sich daneben«, sagt mein Bruder.

Friedjof sitzt auf der Straße und spuckt in einen Gully. Wir haben Papiertüten in der Hand, darein hat der Kellner uns die Fischreste gepackt, wir haben es abgewiesen, aber er hat uns nicht zugehört, hat uns die Tüten in die Hand gegeben, deren Boden feucht ist vom Sud. Wir haben gelacht und der Wirt hat gelacht. Kaffeesatz und Pfefferminz und gewinkt hat er, er steht noch jetzt in dem Licht der Tresenlampe und hält seinen Arm in die Luft. Er sieht uns nach durch die Glastür seines Lokals.
Friedjof nimmt mir die Tüte aus der Hand, holt mit den Fingern ein Stück Fisch hervor und schlingt es hinunter wie ein Marder. Die Blätterschatten auf dem Gehweg gehen einen Schritt, immer denselben, vor, zurück, bis der Wind aufhört.
»Wir haben drinnen auf dich gewartet«, sagt mein Bruder.
Friedjof sieht auf, sein Mund glänzt vom Bratfett. Die Laternen hängen hoch über den Straßen und trotzdem ist der Bordstein heller als die Hauswand zwischen Lampe und Fußweg. Das Licht fällt nach unten wie die Zigarettenstummel der Frauen, die an den erleuchteten Fenstern warten.
»Du hast gesagt, wir treffen uns im Lokal«, sagt mein Bruder.
Seinen Kopf zurückgelegt, lässt Friedjof ein Fischstück in seinen Mund fallen. Er blickt zur gegenüberliegenden Hauswand, im Licht der Straßenlaternen sehen die Gesichter der Frauen starr aus wie die Porzellankatzen, die neben ihnen auf der Fensterbank hocken. Die Katzen haben kein Fell, nur eine Glasur und einen hohlen Leib.
»Warum hast du uns da drin so lange warten lassen?«, fragt mein Bruder. Friedjof bläst Luft in die Tüte, schlägt mit der Hand gegen den Boden und lässt sie platzen. Etwas Sud spritzt ihm auf die Hose. Die Frauen streicheln mit ihren Fingern die Katzenrücken.
»Ihr habt gegessen, das ist doch genug«, sagt er, steht auf und nimmt meine Hand. »Gehen wir«, sagt er.
Eine Frau lehnt in dem Fenster, unter dem eine Laterne in der Wand befestigt ist. Ihr Gesicht ist nicht zu erkennen und sie hat keine Katzen aus Porzellan.
»Die Frau ist mit einem Kaiserschnitt auf die Welt gekommen«,

sagt Friedjof, als wir ein Stück von ihr entfernt sind. »Sie verschweigt es jedem«, sagt er, »aber es wissen alle.« Ich will mich zu ihr umdrehen, Friedjof nimmt mich fester in den Arm, »da vorn nehmen wir die Seitenstraße«, sagt er. Er streicht mit der Hand die Häuserecke, als wir abbiegen.

Wir kommen an einem Schaufenster vorbei, hinter dem Jugendliche mit Gitarren herumspringen, von den Mädchen sind hinter der Bühne nur die Oberkörper zu sehen, sie tanzen wie die abgeschlagenen Schwänze der Forellen. Friedjof sagt, das sei die Diskothek der Stadt, er bleibt vor dem Fenster stehen, drückt die Brust nach vorn. Die Musik klingt wie durch grobes Leinen gepresst. Mit dem Finger klopft Friedjof gegen die Scheibe. »Siehst du das Mädchen?«, sagt er, aber wie sie sich biegen, kann es jedes der Mädchen sein. »Maria«, sagt er.

Das Licht aus den Kellerfenstern wirft Streifen auf die Straße, die von den Scheinwerfern der Autos zerfahren werden. Friedjof führt mich am Arm seinen Heimweg entlang, wir gehen den Weg seit drei Stunden auf und ab, der Weg von einem Plattenbau, der Schule, zum Haus seiner Mutter und dem des Imkers und es gibt keine Kinder mehr im Dorf, nur die zerbrochenen Bleistifte vor dem Bienengarten. Auch mein Bruder ist zurückgegangen zur Pension. Friedjof sagt, sie seien zur Fastnacht mit Fackeln in den Garten geklettert und hätten die Stäbe in die Bienenkästen gesteckt. Es hätte lange gedauert, bis das Holz anfing zu brennen. Friedjof sagt: »Wir haben uns nicht angeschlichen und die Fackeln waren im Garten, als wir noch gar nicht daran dachten, die Bienen auszuräuchern. Sie hätten uns alle zerstechen können und fortjagen, aber sie sind in den Waben kleben geblieben und dann sind die Waben um sie herumgeschmolzen. Das sah schön aus, das zerschmolzene Wachs und die Tiere darin, wie schlafend. Der Imker hätte nicht zu schlafen brauchen.«

Die Dämmerung kommt hier morgens immer schnell und nie leise. Die Jungen in Friedjofs Dorf laufen durch die Straßen und grölen, wenn sie das erste Licht sehen und sie grölen zu früh, weil sie die Scheinwerfer eines Autos, das an einer Häuserlücke vorbeifährt, damit verwechseln. Wenn sie sicher sind, dass es das richtige Licht ist, werfen sie Bierflaschen gegen die Häuserwände.

Einer hat einen kahl geschorenen Kopf und blau gefärbte Wimpern. Wir sehen uns an, keiner von uns lächelt. Er prostet mir mit der letzten Bierflasche zu, die er hält, lässt sie am Haus zerplatzen, am Schaufenster, und die Sirene knattert. Die Jungen rennen an mir vorbei, der Kahle stößt mich vom Bordstein. Ich bleibe vor dem Schaufenster und sammle die Scherben auf. Es kommt niemand. Auch die Polizisten werfen Flaschen.

»Wir sollten schlafen gehen«, sagt Friedjof und nimmt meine Hand, in der die Scherben liegen. »Es passiert jetzt nichts mehr«, sagt er.

»Die Männer stehen bald auf und dann die Kinder, die Frauen schlafen am längsten, das ist hier doch so«, sage ich.

»Nein«, sagt Friedjof, »wie kommst du da drauf?« Seine Hand an meiner Hüfte überqueren wir die Straße, ich sehe einen Marder ins Gebüsch laufen. »Die Männer fahren heute mit ihren Traktoren«, sagt Friedjof. »Sie fahren zu den Feldern, da haben sie nichts zu tun und die Kinder betteln darum, mitzufahren. Die Kinder gehören da nicht hin«, sagt er. »Und du auch nicht.« Er drückt mich stärker an sich, streicht mit seiner Hand über meine Hüfte. »Aber ich kann dich mitnehmen. Erst müssen wir schlafen und dann nehme ich dich mit zu den Feldern. Es wird dir gefallen«, sagt er.

Vor einer Bäckerei kniet eine Frau und wäscht die Eingangsstufe mit einem Lappen. Sie starrt dabei auf ihr Gesicht, das sich in der Glasscheibe der Tür spiegelt. Im Glas sieht ihr Gesicht bläulich aus. Als wir näher kommen, dreht sie sich um, wringt den Lappen aus, das Wasser läuft ihr auf die Schuhe. Sie trägt einen neongelben Pullover, ihr Busen steht spitz nach oben wie ein Entenschwanz, ihre Augen sind blau und gläsern wie ihr Spiegelbild in der Scheibe.

»Sie muss doch einen Kittel tragen«, flüstere ich Friedjof zu.

»Sie hat mit dem Windradbauer angebändelt«, sagt er. »Das hätte sie nicht tun sollen.«

»Das ist lächerlich«, sage ich.

»Man sollte hier nicht mit Leuten anbändeln, die nichts von der Stadt verstehen«, sagt Friedjof. »Sie wird verrückt darüber, wenn sie in der Stadt bleibt.«

»Das kannst du nicht wissen«, sage ich.

»Doch«, sagt Friedjof. Er führt mich durch das grüne Tor in den Hof und vorbei am Haus des Imkers. Ein Dachfenster ist erleuchtet.

Manuela Branz
Sekundenschlaf

Immer, sagt Mila, wenn sie an die Grenze fährt, muss sie an den Vater denken, und dann an den Hund. Genau in dieser Reihenfolge denkt sie an die beiden, sagt sie, und erst später an das Andere, an die Disteln und an das Gewehr. Manchmal will sie sich nicht erinnern, dann bleibt sie einfach sitzen, fährt weiter über Kufstein und Wörgl nach Rom, über die Spitze hinunter in den Süden. Dann dreht sie nach Tagen wieder um, will zurück in den hügelsanften Norden und bleibt doch wieder hängen, an den Bergrücken, dem moosigen Kalkschiefer, den Wolkenfetzen und dann an den Grenzbauten, die sich bis ins Fimmertal hinunter ziehen, an den Rändern ausgefranst, die langen Gebäude wie verletzte Glieder. Oft halten die Züge nicht, dann muss sie weiter, am Haus der Mutter vorbei, vorbei an den letzten Türmen, bis sie nach Rosenheim kommt, wo sie sich entscheiden muss, für oder gegen die Grenze, und dann, wenn sie sich entschieden hat, sich wie immer für die Grenze entschieden hat, wartet sie ein zwei Stunden auf den nächsten Zug, zurück nach Watschöd zur Grenzstation. Meistens aber erhebt sie sich schon in Kufstein, zerrt den Koffer an die Tür und schaut, während der Zug das ein um das andere Mal im Tunnel verschwindet, während er in enge Steinmäuler eintaucht und wieder herauskommt, durch das Türfenster auf dunkle Felsen oder Sommerfirn, dann auf ihr Gesicht davor im Glas, das von der Zugfahrt glänzt, vom Warten und vom Weiterfahren. Jetzt denkt sie wieder an den Vater und den Hund, in dieser Reihenfolge, weil der eine ohne den anderen irgendwann nicht mehr zu denken ist, die Bilder aneinander kleben wie die Schieferplatten, die den Johannisberg hinunter wachsen. Manchmal sitzt jemand neben ihr, eine junge Frau oder ein Hotelier aus Rimini, dann erzählt sie Grenzgeschichten, und weil die junge Frau oder der Hotelier kaum etwas sagen, nichts sagen können, erzählt sie immer weiter, eine Grenzgeschichte nach der anderen, bis der Zug schon fast am Ziel ist, über letzte Weichen fährt, an dem Zaun vorbei den Berg hinauf, vorbei am letzten

Haus. Dort hängt ein Teppich auf der Terrasse, und sie denkt an den Hund, der oft im Schatten lag, im Schatten des geklopften Teppichs, nachdem der letzte Zug gefahren war. Der Hund, sagt sie zu der jungen Frau, während ihr Blick zwischen Felswand und Himmel schlüpft, hatte nicht mehr gefressen, das war das Schlimmste, dass der Hund nicht mehr gefressen hat, und nur deshalb, sagt sie, ist die Schwester gekommen, in diesem Sommer, der so plötzlich begann, dass ihn keiner kommen sah.

Wenn sie ausgestiegen ist, kommt ihr die Mutter schon entgegen. Meistens hat sie hinter den Türmen geparkt, in denen jetzt die Kohlmeisen brüten, und sie müssen lange laufen, bis sie an das Auto kommen, über die Gleise die Straße hinunter an den leeren Gebäuden vorbei, dann über nackte Felder, in denen das Flusswasser noch in alten Furchen steht. Alles, sagt die Mutter jetzt, geht den Bach hinunter, die Stationen und die Häuser, die ganze Gegend lassen sie verkommen, und dann erzählt sie von den Läden, die geschlossen und den Straßen, die verschwunden sind, unter Dreck und Steinbrocken bleiben sie begraben, weil sie nicht mehr wichtig sind, und sie nimmt Mila den Koffer und die Tasche aus der Hand und läuft ihr schimpfend weit voraus. Sobald die Mutter mit dem Reden beginnt und dann und wann mit einer Hand in Richtung Berge deutet, denkt Mila, dass es noch nicht zu spät ist, dass der Zug noch wartet, sie zurücknehmen kann in die Hügelsanfte, aber sie geht nicht zurück, bleibt, wenn sie so weit gekommen ist, lieber neben der Mutter und steigt dann in das Auto, in dem es nach Moossteinbrech und grauer Erde riecht, nach dem Vater und dem Hund. Dann muss sie meistens an den Hund denken, der hinter ihr im Kofferraum gesessen hatte, die feuchte Schnauze auf dem Rücksitz, während der Vater hinauf zur Grenze fuhr, abends hinauf und morgens zurück, und sie weiß, dass sie sich die Hände vors Gesicht halten muss, wenn sie den Vater nicht riechen will, die vom Reisen dicken Finger. Jetzt wendet die Mutter den Wagen und winkt den Grenzbeamten zu, dann fährt sie hinunter ins Tal, immer an den Schienen entlang, bis sie das Dach des Hauses sehen können, das letzte Haus vor der Grenze oder das erste danach. Häufig erinnert sie sich jetzt an die Autofahrt mit der kleinen Schwester, am Morgen, zurück zur Station. Die Schwestern hatten ihre Taschen rechts und links von sich verstaut, sie saßen dicht beisammen und berührten sich nicht, und eine Weile ging alles gut, dann aber fuhr die Mutter so schnell, dass es sie in jeder Kurve aufeinander schob, sie hielten sich an den Vordersitzen fest, bis die Hände schmerzten, und umklammerten die Lehne aus Stoff, aber sie wurden immer wieder aneinander gepresst, und dabei schauten sie aus dem Fenster, weil sie sich so gut kannten, und weil sie sich so gut erkannt nicht anschauen mochten. Wenn sie jetzt das Fenster öffnet, hört sie, wie der Zug über die Weichen springt, den Berg hinunter fährt in die ein oder andere Richtung, aber sie kann nicht mehr zurück, muss mit der Mutter vor die Garage fahren, in der man nicht mehr parken kann, weil die Möbel des Vaters darin stehen, immer noch. Alles verkommt, sagt sie dann zur Mutter, aber die Mutter schüttelt schwach den Kopf, zeigt auf den Garten, in dem kein Unkraut mehr wächst und auf die Fenster ohne Läden.

Während die Mutter im Haus verschwindet, geht Mila durch die Hintertür in die Garage. Meistens steht sie an der Tür und lässt den Blick über die Möbel gleiten, dann versucht sie sich zu erinnern, wo die Sachen gestanden haben, die Gewehrschränke, die Kommoden mit den Hundebüchern, in welcher Reihenfolge die Schuhe darunter lagen oder wie viele Jacken darüber hingen, aber sie kann sich nicht mehr erinnern, sie weiß nur noch, dass die Uniform über dem Küchenstuhl hing und das Hundehalsband über dem Bett. Die meisten Dinge kann sie nicht mehr zuordnen, zu einem lockeren Wall gestapelt lehnen sie an der hinteren Wand, Stuhlbeine ragen aus dem Möbelhaufen wie Kinderarme, und dass sie einmal dem Vater gehört haben, sieht man ihnen nicht mehr an. Manchmal setzt sie sich auf den alten Melkschemel und holt die Schuhe heraus, die der Vater trug, als man ihn fand. Sie steckt die Hände in die Stiefel und schlägt die Sohlen gegeneinander, jetzt bröckeln Erdklumpen aus den Schuhrillen, Bergdreck, zertretenes Gestein, in den Talsohlen aufgesammelt, beim Wandern auf den Grenzberg, auf dem mächtigen Felsen, der die Grenze verschiebt, in den Osten hinüberwandert, jedes Jahr ein wenig mehr. Der Vater ging jeden Tag den Grat hinauf, mit dem Hund an der Pestkapelle vorbei über ausgeflachte Hügel, bis auf den Johannisgipfel, und erst dann, wenn es dämmerte, kehrte er um, brachte den kalten Geruch der Felswände mit ins Haus, die Stille und die Wolkenschwere. Er lief in die Berge hinein, weil sie ihn andernorts nicht mehr brauchten, und seitdem sie ihn dort nicht brauchten, verkrusteten seine Schuhe, wuchsen Schicht um Schicht wie die Schwielen auf seinen Handflächen, die gelb wurden vom Festhalten und vom Hinuntergleiten. Jetzt stellt Mila die Schuhe zurück, geht durch den Garten zum Hundezwinger, lehnt an seinem Gitter. Während das Metall in ihre Hände schneidet, denkt sie, dass der Vater hätte kämpfen müssen, er hätte sich nicht abfinden dürfen, als sie ihn nicht mehr wollten, aber er fand sich damit ab, mit der Stadt, in die er sollte, genauso wie mit dem Gefühl des Dahingehörens, das auf einmal zu bröckeln begann, in seinen Händen zerfiel wie verwitterter Ton. Er wollte nicht fort, trotzdem ging er plötzlich weg, kam die Nordwand nicht mehr herunter, ein freier Platz sein Stuhl, der Freund der Mutter bald darauf, im Grunde schon am nächsten Tag.

Meistens tauchen die Fragen noch vor dem Essen auf, sie entstehen beim Schälen der Kartoffeln, und sie prasseln auf Mila nieder wie Steinschlag, loses Geröll aus den Schluchten der Erinnerung, diese Fragen nach dem Wohin. Dann setzt sie das Messer an und zieht die Schale von der Knolle, sie arbeitet sich bis zur letzten Kartoffel vor, immer die Hände der Mutter im Blick, das Messer und die abgebissenen Nägel, und dann sagt sie, was sie häufig sagt, wenn sie an die Schwester denkt. Sie sagt zur Mutter, dass die Schwester doch schon oft verschwunden sei, schon in der Kindheit, sagt sie, sei sie manchmal lange nicht zurückgekommen und trotzdem immer wieder aufgetaucht. Wie oft, sagt sie zur Mutter, hatten sie die Schwester früher suchen müssen, weil sie zu langsam gewesen und zurückgeblieben war, und plötzlich war sie dann ganz und gar verschwunden, und sie mussten das Wäldchen durchkämmen, und dahinter den Stadel. Manchmal, sagt Mila, hätte sie sich dann ausgemalt, wie es wäre, wenn die Schwester unauffindbar bliebe, das Stockbett unter ihr frei und der Schreibtisch in dem winzigen Kinderzimmer entfernt, sie dachte, wie viel Platz sie auf einmal hätte, sie könnte ihre Legostadt auf die Druckstelle des fehlenden Schreibtisches aufbauen und die Schlumpfsammlung auf dem Regal, doch dann tauchte sie wieder auf, kam hinter einer Mauer hervor oder unter einem Sofa, und sie dachte, dass sie froh war über die aufgetauchte Schwester. Weißt du noch, sagt Mila, wie die Schwester beim Verstecken hinter einem Mauervorsprung hervorgekommen war, keiner mochte glauben, dass dort jemand Platz gefunden hatte, erstaunt hatte man hernach die Steinbrocken berührt, zwischen denen sie gesessen hatte, vergeblich hatte man versucht, es ihr gleich zu tun und mittendrin aufgeben müssen, und schließlich hatte man einfach akzeptiert, dass es die Schwester so gut verstand, sich verschwinden zu lassen, besser als jeder andere, und so wird es auch dieses Mal sein, sagt sie, irgendwann wird sie wieder auftauchen, trotz der Worte, die ausgesprochen worden sind, in jener Nacht, aus gutem Grund.

Genauso, wie sie mit dem Vater immer auch den Hund denken muss, denkt sie mit der Schwester stets den Freund der Mutter; allein hat der Freund der Mutter keinen Bestand, weder sein Gesicht, rot wie ein Hämatit, noch seine kurzen, abgehackten Sätze. Während die Mutter den Tisch deckt und den Wein aus dem Keller holt, geht sie in den Garten. Dort setzt sie sich auf die Bank und schaut auf das junge Gras, das auf den Beeten des Vaters wächst, zögernd noch und dünn, und wenn sie hinauf zur Terrasse blickt, auf die Betonplatten, die Gartenmöbel und die Wäschespinne, bemerkt sie die Bewegung des Teppichs, der auf einer viel zu schwachen Leine hängt. Jetzt könnte sie den Hang hinunter klettern, zu den Frauenschuhen und Alpenveilchen, die dort von den Mutterhänden unbemerkt gewachsen sind, und sie könnte den Nachbarhund streicheln, der hinter dem Zaun auf sie wartet, nassschnäuzig wie der Hund des Vaters, aber sie bleibt lieber am Haus und geht zur Terrassenmauer. Dort, vor dieser Mauer, im Schatten eines schweren, leicht bewegten Teppichs, hatten an jenem Abend die Schwester und der Freund der Mutter lange Zeit gestanden und die Mauer auf Vogelnester untersucht. Immer wieder griffen ihre Hände in die Löcher hinein, in die verlassenen Nester der Mauersegler, bis der Freund der Mutter etwas rief, und da stellte sich die Schwester dicht neben ihn, ging leicht in die Knie, bis ihr Bein das seine berührte, und ihre Hand folgte der seinen schließlich in den Mauerriss. Sie schob ihren Arm so weit in das Nest des Mauerseglers, dass man fast schon glauben konnte, sie wolle darin verschwinden, auf einmal aber erstarrte sie, als hätte sie etwas entdeckt. Lange standen sie so da, die Hände beieinander, dann endlich zog der Mann seine Hand aus dem Spalt, und nur die Schwester blieb noch eine Weile stehen, den Kopf nun leicht zum Haus gedreht. Wenn Mila jetzt an das Gesicht der Schwester denkt, ein Ausdruck darin, als komme sie aus einem Versteck gekrochen, in dem sie niemand vermutet hatte, ruft meistens die Mutter aus dem Haus; sie bricht ein in ihre Erinnerung und führt sie doch fort, und während sie am Arm der Mutter zum Esstisch geht, zur frisch polierten Eckbank, erinnert sie sich daran, wie die Mutter an der offenen Terrassentür gestanden hatte. Die Mutter hatte an der Schwester vorbei zum Spitzberg hinaufgeblickt, auf die Nordwand, deren Spitze in die Wolkendecke stach, dann aber hatte ihr Blick plötzlich den Halt verloren, und während er noch fiel, immer wieder durch Schieferplatten und Felsvorsprünge gebremst kopfüber ins Tal hinunter stürzte, sprach sie über den Hund. Der Hund habe doch nichts mehr gefressen, sagte sie immer wieder, egal, was sie ihm gegeben hatte, er habe nichts mehr gewollt, und nur deshalb sei es geschehen an diesem Morgen; habe geschehen müssen.

Sobald sie im Haus ist, auf der Eckbank sitzt, hört sie den letzten Zug des Tages, dann gibt es keine Richtungen mehr, keinen Norden und keinen Süden, kein früher oder später, nur die Flasche Wein zwischen den Tellern gibt es noch, die schlanken Gläser, das Fleisch im braunen Blut, und die Mutter, die in die Stille hinein erzählt, in das Fehlen des Vaters, der Schwester, des Freundes. Meistens lässt sie die Mutter reden, über den Garten, den sie nicht mehr schafft, den kaputten Rücken oder den Beton auf dem Terrassenboden, der schon Risse bekommt, sie schenkt ihr Wein nach, sobald sie einen Schluck getrunken hat, und hört an ihr vorbei den Hunden zu, die durch das offene Fenster bellen, die Hunde der Nachbarn, Grenzhunde allesamt. Sie blickt durch die Terrassenglastür auf den Oleander, dann denkt sie daran, wie sie hinter dem Oleanderbaum gestanden hatte, in der Abendstille, im letzten Tageslicht, um in das Dunkel der Küche zu schauen, durch das beschlagene Fenster auf den Herd, auf die dampfenden Töpfe darauf und auf die Eckbank dahinter. Dort hinten hatte die Schwester gesessen und der Freund der Mutter dicht daneben, und sie hatten nichts gehört und nichts gesehen, nur auf die Bilder geschaut, auf die Fotos mit dem Hund, die sie hin und her geschoben hatten, zwischen ihren unsichtbaren Koordinaten über den Tisch, mit ihren Händen über Grenzen hinweg, die es plötzlich nicht mehr gab, und wenn sie daran denkt, wenn das Erinnern so weit schon ist, kann sie auch gleich weitermachen und an die Mutter denken, die hereingekommen war, plötzlich, unvermutet. Sie kam in die Küche und sah die beiden sitzen, die nicht merkten, wie das Wasser überkochte, wie die Deckel auf den Topfrändern tanzten, weil ihre Hände in einem System gefangen waren, und schließlich ging sie langsam wieder hinaus, ging aus dem Kreis, den die beiden gezogen hatten. Dann begann die Schwester von dem Hund zu erzählen. Ihre Schwester, denkt Mila, war nicht dabei, als die Sache mit dem Hund passierte, aber sie erzählte so präzise, wie der Hund in den Disteln lag, so genau, wie er noch zuckte und sich auf die weiche Grasfläche rollte, dass sie glauben muss, die Schwester sei dabei gewesen. Vielleicht, denkt sie, war sie auch dabei, so wie sie oft dabei gewesen ist, und Dinge wusste, die sie nicht wissen konnte, vielleicht hatte sie schon einen früheren Zug genommen, hinter dem Kohlmeisenturm auf Mila gewartet und stattdessen von irgendwoher die Mutter gesehen, das Gewehr noch in der Hand. Wenn sich Mila an den Freund der Mutter erinnert, an seine tiefen Blicke und seine moränengrauen Hände, ist die Mutter meistens gerade mit dem Aufräumen beschäftigt; sie räumt, während sie noch immer über die Betonrisse redet, das Geschirr in die Maschine, dann geht sie auf die Terrasse und gießt den Oleander, und Mila hört das Geräusch des fließenden Wassers durch die offene Tür, riecht die nasse Erde. Jetzt gibt es kein Zurück mehr, der Zug, denkt Mila dann, ist schon längst gefahren, fort, hinter Schichten von Stein, also kann sie genauso gut den Rest des Weines trinken und an den Zwinger denken. Sie trinkt den Wein in einem Zug, dann erinnert sie sich daran, wie sie sich an jenem Abend langsam von der Terrassentür entfernt hatte und in den Garten gegangen war. Sie ging zu den Eichen hinunter, zwischen denen der Zwinger stand, um die Schwester zu vergessen, ihre plötzlich laute Stimme, die Hände und den Freund der Mutter, doch gerade, als das Vergessen einsetzte, als es sich ganz und gar in ihr ausgebreitet hatte, hörte sie das Heulen. Sie hörte das Jaulen eines Hundes, der in seinem Zwinger saß, überzeugt davon, es werde keiner kommen, der ihn holt, aber als sie näher kam, in der plötzlichen Hoffnung, der Hund sei zurückgekehrt und mit ihm dann der Vater, sah sie nur die Mutter darin sitzen, ganz in der Ecke, im Holzhäuschen saß sie da und weinte, und ihre Hände streichelten die Decke des Hundes, den sie nie gemocht hatte.

Anderntags kommt ein weiterer Zug, eine weitere Möglichkeit. Meistens nimmt sie sie wahr, dann stellt sie ihre Taschen vor das Auto, wartet auf die Mutter, die Zeit schindet, über die Tageszeitung gebeugt auf Mila wartet, auf ihre umgeworfene Entscheidung, auf ihre schwankende Gestalt zurück in der Stube. Doch wenn Mila so weit gekommen ist, vor dem Auto stehend in der Ferne die Grenze sieht und dahinter die Bergwand, kann sie nicht mehr zurück, dann ruft sie nach der Mutter, ruft so lange, bis die Mutter aufgibt. Oft, wenn sie mit dem Auto zurück zur Grenzstation fahren, leuchtet die Straße heller als sonst, aber sie weiß nicht, ob es ihr nicht nur so vorkommt, weil sie auf dem Weg ist, immer, wenn sie auf dem Weg ist, scheint ihr alles frischer zu sein, sauberer vielleicht. Sobald sie im Zug sitzt, nimmt sie ein Buch zur Hand. Sie schaut nicht aus dem Fenster, weiß aber, dass draußen die Mutter wartet, die Handtasche fest unter dem Arm. Erst wenn der Zug die Türen schließt, die letzten Hunde draußen sind und über den Hof zur Baracke hin laufen, wagt sie einen kurzen Blick, dann erwartet sie jedes Mal, dass die Mutter winkt, vielleicht weint oder sich dem Zugwagon nähert, um mit dem Fingerknöchel auf die Scheibe zu klopfen, aber sie steht immer unbeweglich da und hält die Augen geschlossen, ganz so, als würde sie schlafen. Der Kopf der Mutter berührt dabei fast die Schulter, er liegt da wie ein Brocken aus Stein, der sich bald loslösen, an ihr herunterrollen wird, und am liebsten würde Mila aussteigen und den Kopf der Mutter halten, dann aber denkt sie, dass der Schlaf nicht sehr lange dauern wird, ihr Schlaf, denkt sie, ist nicht viel mehr als ein Sekundenschlaf, und schon während der Zug aus der Grenzstation rollt, hinunter in den Norden, wird sich die Mutter die Augen reiben und letzte Schlafkörner über die Wangen verteilen.

Renatus Deckert
Die Haarnadel

Als Marie nach Hause kam, saß Paul in der Küche und las Zeitung. Er hatte die Seiten auf dem Tisch ausgebreitet und kippelte mit seinem Stuhl.

»Wo bleibst du?«, fragte er, als sie reinkam. »Ich dachte, du kommst um vier.«

»Wie spät ist es?«

»Gegen fünf.«

Sie stellte ihre Tasche auf den Kühlschrank und blickte ihn an.

»Was ist los?«

»Nur so«, sagte Paul. »Ich hab eben gedacht, du kommst eher.«

Marie schob sich einen Stuhl heran und zog die Sandalen aus. Sie hatte große, weiße Füße mit rot lackierten Nägeln.

»War viel los heut«, sagte sie. »Und dann musste Judith auch noch eher weg. Da ist dann alles an mir hängen geblieben.«

»Verstehe.«

»Und du hast heute immerhin die Zeitung gelesen.«

»Ja«, sagte er. »Wenigstens was. Aber es steht nicht viel drin.«

Marie legte ihre eckige Brille auf den Tisch und rieb sich mit den Handballen die Augen.

»Ach wart mal«, sagte Paul. Er grinste. »Hier stand was. Das muss ich dir vorlesen.«

Er blätterte zurück und suchte mit den Augen die Seiten ab.

Marie stand auf und ging barfuß zum Kühlschrank.

»Worum geht es?«

»Warte«, sagte er. »Ich hab's gleich. Sekunde.«

Er blätterte noch weiter zurück, dann tippte er mit dem Finger auf die Seite und sagte: »Hier. Es geht um Spinnen.«

Er sah zu Marie hinüber. Sie hatte eine Wasserflasche aus dem Kühlschrank genommen und trank im Stehen mehrere Schlucke. Paul sah, wie das Wasser durch ihren Kehlkopf lief.

»Und zwar um so eine Art, die heißt: Argiope aurantia. Keine Ahnung, wie die aussehen.«

Wieder sah er zu Marie hinüber. Während sie trank, blickte sie ihn mit großen Augen an.

»Ist ja auch egal. Auf jeden Fall begehen die männlichen Spinnen dieser Art beim Ficken Selbstmord.«

Marie setzte die Flasche ab.

»Was?«

»Pass auf, ich les es dir vor: ›Durch Selbstmord sichern männliche Spinnen der Art Argiope aurantia ihre Fortpflanzung. Die Tiere sterben während der Begattung und blockieren so die Geschlechtsorgane des Weibchens für nachfolgende Konkurrenten. Unmittelbar nach Beginn der Kopulation werden die Männchen bewegungslos. Fünfzehn Minuten später bleibt ihr Herz stehen. Das Geschlechtsorgan verkeilt sich dabei im Körper des Weibchens.‹«

Paul lachte.

»Was sagst du dazu? Nicht schlecht, was?«

Marie war wieder zum Tisch gegangen. Sie setzte ihre Brille auf und beugte sich über die Zeitung.

»Aber was soll das? Wieso bringen die sich um?«

»Es geht noch weiter«, sagte Paul. »›Erst nach fünfzehn bis fünfundzwanzig Minuten schaffen es die Weibchen, den Leichnam zu entfernen. Bis dahin haben die Samenfäden gute Chancen, die Eizellen zu befruchten. Auch andere Männchen versuchen oft angestrengt, den Körper ihres Nebenbuhlers zu entfernen, scheitern aber meist.‹«

Marie hatte sich wieder aufgerichtet. Sie kratzte sich mit dem Daumennagel am Scheitel.

»Aber das ist doch kein Selbstmord. Es muss da irgendeinen Mechanismus geben, dass sie sterben.«

»Kann schon sein«, sagte Paul und las weiter vor: »›Die erfolgreichen Männchen opfern sich wohl deshalb, weil es bei dieser Spinnenart schwierig ist, ein Weibchen zu finden. Die Tiere nehmen daher einiges in Kauf, um ihre Fortpflanzung zu garantieren.‹«

Marie schüttelte den Kopf. »Dann wissen die scheinbar ganz genau, dass sie dabei draufgehen.«

»Das beste ist die Überschrift«, sagte Paul. »›Kamikaze-Sex.‹«

Er lachte wieder.

»Ich weiß nicht«, sagte Marie. »Was ist so toll daran, beim Sex zu sterben? Ich meine, das war's dann. Und gleich beim ersten Mal.«

»Viel haben die wirklich nicht davon.«
»Bloß damit sie sich fortpflanzen.«
Sie stellte die Flasche auf den Tisch und setzte sich wieder. Paul räusperte sich.
»Das gibt's ja, dass alte Männer beim Ficken sterben, weil sie zuviel Viagra geschluckt haben oder so. Ich stelle mir das gar nicht schlecht vor. So mit siebzig, achtzig Jahren: im Bett mit einer Frau. Ich meine, es gibt schlimmere Arten zu sterben.«
Marie verzog den Mund. »Die arme Frau!«
Paul sah sie an.
»Das stimmt natürlich. Für die Frau ist das nicht so toll.«
»Also wirklich«, sagte sie. »Da liegst du mit einem im Bett, und auf einmal kriegt der einen Herzschlag und rührt sich nicht mehr.«
Er grinste.
»O Mann!« Sie stand auf und streckte sich. »Ich geh erst mal duschen. Ich bin völlig verschwitzt. Ich muss furchtbar stinken.«
»Quatsch«, sagte Paul. »Du stinkst überhaupt nicht.«
»Na, auf alle Fälle geh ich erstmal duschen. Wenn du willst, kannst du ja mit rüberkommen.«
Paul saß da und blätterte die Zeitung durch. Er las ein paar Sätze, dann faltete er die Zeitung zusammen. Er nahm die Flasche, die Marie auf den Tisch gestellt hatte, und trank ein paar Schlucke. Er sah auf die Küchenuhr und trank noch einen Schluck. Er hörte das Wasser im Bad, wie es gegen den Duschvorhang prasselte. Er schlug die Zeitung wieder auf und starrte auf die erste Seite.
»Kommst du?«, hörte er Marie rufen.
Er legte die Zeitung weg und blieb noch eine Weile sitzen. Dann stand er auf und ging hinüber.
Als er den Duschvorhang beiseite schob, hatte sie die Augen zusammengekniffen. Er betrachtete ihre kleinen Brüste, über die das Wasser lief.
»Wo bleibst du denn?«, fragte sie.
Er sah ihr zu, wie sie das Shampoo aus ihren Haaren spülte. Mit einer Hand rieb sie sich den Schaum aus den Augen und öffnete sie zwinkernd.
»Gib mir das Handtuch«, sagte sie und zeigte auf einen Hocker.
Als er sich umdrehte, richtete sie den Wasserstrahl auf ihn. Paul

zuckte zusammen, als er das Wasser auf seinem Hals spürte. Er sprang zur Seite. Marie lachte.

»Was ist los?«

»Was soll los sein?«

Er trocknete sich mit ihrem Handtuch ab, dann gab er es ihr. Sie rieb sich gründlich trocken, erst das Gesicht und die Haare, dann den Bauch, die Schultern, den Rücken. Am Ende die Beine. Sie machte einen großen Schritt aus der Badewanne, dann stand sie neben ihm.

Sie fuhr ihm durch die nassen Haare. Er wich zurück.

»Du bist wohl wieder müde«, sagte Marie. »Aber das gilt nicht, heute nicht.«

Sie drückte ihn an sich und hielt ihn fest. Sie war ein paar Zentimeter größer als er, obwohl sie keine Schuhe anhatte.

»Erst will er mit einer Frau im Bett sterben. Aber dann, wenn's drauf ankommt, kneift er.«

Sie zog ihn noch näher zu sich heran. Mit ihren Armen schnürte sie ihm fast den Atem ab. Er blickte sie an, während sie ihn küsste. Sie hatte die Augen geschlossen und hielt den Kopf schräg. Er öffnete die Lippen und spürte, wie sich ihre Zunge in seiner Mundhöhle vortastete. Er musste schlucken. Auf einmal hörte sie auf. Sie öffnete die Augen und lachte. Dann schob sie ihn rückwärts aus dem Bad nach nebenan.

»Komm«, sagte sie.

Sie drückte ihn auf das Bett und setzte sich auf ihn und fing an, sein Hemd aufzuknöpfen.

»Komm schon«, sagte Marie.

Sie hatte sein Hemd ausgezogen und ließ ihre Lippen auf seiner Brust kreisen. Er griff ihr zwischen die Beine, aber sie nahm seine Hand und zog sie wieder heraus. Sie rollte sich auf die Seite und küsste ihn auf den Mund.

Auf einmal zuckte sie zusammen.

»Scheiße!«

»Was ist los?«, fragte Paul.

»Da war was Spitzes.«

Sie hielt sich den Nacken und hob den Kopf, um nachzusehen, was es war.

Paul sah, wie sie nach etwas griff. Dann sah er, wie sie blass wurde. Er hatte noch nie gesehen, wie jemand auf einen Schlag blass wurde. Er hatte das für eine Redensart gehalten. Marie wurde erst blass, dann, nach einer Weile, lief ihr Gesicht rot an.

»Du Schwein«, sagte sie leise.

Er richtete sich auf.

»Was ist denn los?«

Sie sah ihn nicht an. Sie starrte auf etwas, das in ihrer Hand lag. Mit einer ruckartigen Bewegung hielt sie es ihm hin.

»Was ist das?«, fragte er.

»Was das ist?«, sagte sie. »Du weißt nicht, was das ist? Dann muss ich es dir wohl erklären: Das ist eine Haarnadel.«

»Ach ja, jetzt seh ich's«, sagte Paul. »Ist die von dir?«

Sie starrte auf das Ding in ihrer Hand. Sie zitterte. Sie atmete tief aus. Dann sah sie ihn an.

»Jetzt hör mir mal zu«, sagte sie. »Die ist nicht von mir. Das weißt du ganz genau. Ich denke mal, von dir ist sie auch nicht. Oder doch?«

Er sah, wie sich ihre Augen mit Tränen füllten. Als er ihre Hand nahm, zuckte sie zurück.

»Marie ...«

»Fass mich nicht an!«, schrie sie. »Fass mich bloß nicht an!«

Sie riss sich los und sprang auf. Sie rannte aus dem Zimmer und warf die Tür hinter sich zu.

Er hörte, wie auch die Badtür knallte.

Er nahm die Haarnadel und drehte sie zwischen seinen Fingern. Sie war schwarz und dünn und so lang wie sein Daumen. Vom Bett aus sah er den blauen Himmel. Sein Blick folgte einem Mauersegler, der über das gegenüberliegende Dach flog. In diesem Moment hörte er einen Schrei. Der Schrei kam aus dem Bad. Er sprang auf.

Als er die Badezimmertür aufriss, sah er Marie, wie sie nackt am Waschbecken stand. Sie starrte auf den Stuhl, über dem ihre Sachen hingen, und hielt eine Hand vor den Mund. Als er ihrem Blick folgte, sah er eine Spinne, die auf langen, dünnen Beinen über ihren Slip kletterte.

Kirsten Fuchs
Die Titanic und Herr Berg
(Textauszug)

Kennenlernen

Es ist keine Leidensgeschichte. Meine Geschichte ist keine Leidensgeschichte. Ich mache mir einen schönen Tag nach dem anderen. Ich mache Essen aus Zutaten, die alle einzeln gut schmecken und zusammen auch. Das ergibt Essen. Ich mache mir eine Freude. Ich mache es mir mit der Hand und zünde vorher eine Kerze an. Frauen, die Dildos benutzen, verstehe ich nicht. Frauen, die Mohrrüben benutzen, verstehe ich nicht. Frauen, die Kerzen benutzen, aber sich keine Kerze anzünden, verstehe ich nicht. Es ist ja auch bald Weihnachten, passt doch. Wenn es ginge, würde ich auch eine angezündete Kerze benutzen und das Ende mit dem brennenden Docht draußen lassen. Das könnte hübsch aussehen. Das könnte aber auch die Schamhaare anzünden. Die angeschmorten Locken. Ich hab's schon probiert, einmal. Es hat nicht gut gerochen, überhaupt nicht. Angeblich riechen die verbrannten Haare von Asiaten besser, deshalb mengt man Brötchen Asiatenhaare bei, für den Geruch. Ich mache mir darüber keinen Kopf, nein. Ich habe auch keine Asiatenhaare auf dem Kopf, nur im Brötchen, aber auch nicht am Brötchen, man kann ja zum weiblichen Geschlechtsteil auch Brötchen sagen. Ich mache das nicht. Ich mache es mit der Hand. Mit beiden Händen. Ich weiß was mit meinen beiden Händen anzufangen. Sicherlich hätte ich Goldschmiedin werden können. Oder Zahnärztin. Alles eigentlich. Eigentlich alles.

Weil ich nicht rauche, esse ich nach dem Befriedigen Schokolade. Ich lege mich aufs Bett und starre an die Decke, bis sie rot wird und sich geil auf mich senkt, dann fange ich von vorne an, dann esse ich Schokolade, dann gehe ich mir die Zähne putzen und puste die Kerze aus. Ich mag saubere Zähne, saubere Zähne sind das A und O an sauberen Zähnen.

Ich habe am häufigsten in meinem Leben das Wort »ich« gesagt und das Wort »und«. Aber ich sage sehr oft »ich«. Das ist mein Lieblingssatzanfang. Ich dies und das. Ich sowieso. Ich bin der Mittelpunkt meines Mittelpunktes und definiere an mir angepflockt wie eine Ziege einen kleinen Radius um mich herum. Alles andere ist mir, läuft mir zuwider. Alles andere ist alles andere. Ich habe meine eigenen Probleme, die nicht so klein sind, dass man ihnen einen Partyhut aufsetzen kann und dann sehen sie niedlich aus, so wie man es mit behinderten Kindern macht. Ich bin dieselbe Lusche wie alle anderen. Was soll ich euren Weg zur Lusche wissen? Ich weiß meinen. Wie soll ich euch helfen, wenn ich mir nicht mal helfen will, weiter noch, und ihr mir nicht helfen könnt? Ihr könnt mir mal beim Zynischsein helfen. Jaja, nur mal ausreden, nur zuhören. Dafür schlafe ich viel zu gerne. Das ist so sinnvoll wie alles andere. Geld fürs Brot verdienen, noch mehr Geld für den Brotaufstrich verdienen. Zeit verbringen, in dem man das Brot mit dem Brotaufstrich zu sich nimmt und die Zeit nutzen, indem man zeitgleich fernsieht. Beim Abendbrot Nachrichten kucken. Was ist passiert? Was ist wo passiert, während ich an der Ampel gepopelt habe? Alles wissen müssen – und mein Gott – kann man sich das vorstellen, dass ist echt passiert. Ich hab's doch im Fernsehen gesehen. Mit eigenen Augen im Fernsehen gesehen. Dass ich nicht lache – eben, dass ich nicht lache. Da lache ich nicht. Da schlafe ich ein. Mit Heiligenschein überm Sack. Zack. Zack.

Ich versuche so wenig wie möglich zu schlafen, fünf Stunden, weil ich nicht alt werden will auf hohem Niveau. Ich hänge meine Pflanzen an Fleischerhaken an die Decke, weil ich Grün auf hohem Niveau will. Zum Gießen steige ich auf die Leiter. In jedem Raum habe ich eine Leiter. Dann habe ich einen Überblick, über mein Reich, meinen Reichtum und meinen reichlich zugemüllten Fußboden. Ich habe es nicht mit unten, auf niedrigem Niveau. Im Flur ist kein Fenster, darum hängen dort Kunstblumen an den Fleischerhaken. Eigentlich keine Blumen, aber wenn man einen Stern malt, ist es auch ein Stern. Es stellt etwas dar und dann ist es so, schätze ich. Ich steige im Flur auf die Leiter, um die Spinnen zu entfernen. Es sind immer Spinnen zwischen den Kunststoffblättern, immer. Ich mache die weg. Ich mache die tot. Vor allem, falls ich Besuch bekomme. So viele Menschen haben

Angst vor Spinnen, viele. Männer haben auch Angst vor Spinnen und vor Frauen, darum bin ich ein Mädchen. Ich habe Flaum im Nacken und keine Tätowierungen. Ich habe nur Narben. Es sind Kindheitsnarben, die mit Bäumen zu tun haben, mit Bäumen, Katzen und Dreirädern. Auf dem Arm oben sind die meisten, auf hohem Niveau. Wieder mal ein Fremdwort gelernt und mehrfach richtig angewendet. Da freu ich mich.

Meistens wichse ich vor dem Einschlafen. Ich versuche dabei an nichts zu denken. Wichsen und nichts, die Wörter haben fünf Buchstaben Übereinstimmung. Mehr als Wichsen und Sünde. Wenn ich an Frauen gedacht habe, die mir tagsüber begegnet sind, kluge seitengescheitelte Frauen mit Augen wie Schraubenzieher, die mich reparieren wollen – hier was festziehen, dort was lockern –, dann will mein Schwanz nicht so wie ich wohl will. Die Frauen sagen: »Warum bist du so und nicht anders oder ganz anders oder ganz ganz anders?« Und wenn ich an dumme Frauen denke, sagen die noch dümmere Sachen. Mein Schwanz wird so weich wie der Rest an mir. Die schlaffen Arme, das müde Gesicht. Keine Muskeln, vor allem nicht im Gesicht. Woher auch ohne Mimiktraining? Mimik ist doch Quatsch. Auf Brücken zwischen Menschen kann ich verzichten. Wenn man auseinander geht, stürzt das Bauwerk zusammen, die Steine fallen auf den Bürgersteig zwischen die Bürger. Nach jedem Gespräch eine Brücke zerstören hat doch nichts. Mir hängt das Brückengeländer noch am Mundwinkel wie ein Speichelfaden. Nein, ich denke beim Wichsen an nichts. Ich will auch nicht, dass irgendwer beim Wichsen an mich denkt. So weit kommt's noch. Ich komme nicht, wenn ich an jemanden denke. Mir sind zwei Ehen gescheitert und zwei Kinder gescheitert. Ich wichse ins Nichts.

Ich war heute auf dem Sozialamt und habe meine Kontolage dargestellt. Nicht schauspielerisch – wie auch –, ich ziehe mich nackt aus und krempele meine Wangen nach außen? Nein. Ich habe nichts in den Backen gehamstert, keine Vorräte, und wenn ich keine Unterstützung bekomme, verhungere ich im Winter. Ich bin ein Rippchen, ein Sprenkel, so dünn wie ein Faden, der von einer Maus abgebissen wird, so dünn wie die Maus, die Hunger hat, aber nur einen Faden findet. So ein Faden macht nicht satt, nein.

Herr Sachbearbeiter, ich verstecke nichts, denn ich besitze nichts. Würde ich etwas besitzen, ich würde es Ihnen schenken, denn ich brauche nichts. Sie sehen unfroh aus. Ich nicht. Es ist keine Leidensgeschichte, denn leiden geht anders. Leiden geht so, dass man vielleicht niemand lieb hat. Ich kann das. Ich gehe morgens zum Spiegel und grinse mir zwei Osterhasen und eine Einschulungstüte mit einer Puppe darin, der man die Haare schneiden kann, auch wenn sie nicht nachwachsen, nie wieder. Ich kann das. Ich mache das. Haare schneiden. Grinsen. Ganz einfach. Lernt man bei lieben Eltern, bekommt man in XXL-Packungen hinterhergeworfen jedes Weihnachten, alle Jahre wieder. Ich habe deshalb ein Händchen für Menschen, den rosafarbenen Daumen. Mir gehen Menschen nicht ein. Immer schön düngen. Ich kann das und mit dem Internet kann ich auch umgehen.

Nachdem ich fertig gewichst habe, setze ich mich kurz zum Rauchen im Bett auf. Die Hand brauche ich nicht zu waschen. Ich wichse mit dem Handtuch. Wenn es starr wird, kommt es in die Kammer. Dort wird es an die Wand gelehnt, bis Sonntag ist, und dann wird eine Waschmaschine angestellt. Ich sitze im Bett und rauche mich müde. Ich rauche schnell und möglichst so, dass ich gar keinen Sauerstoff mehr bekomme. Ein kleines Zimmer in meinem Gehirn stirbt ab und wird eine Raucherecke. Eine nach der anderen. Manchmal werde ich richtig taumelig davon, viel besoffener als besoffen. In ein paar Jahren ist mein ganzer Kopf eine Raucherecke mit gestreifter Tapete und einem Kunstledersofa. Ikebakenoleum hat meine erste Frau zu Kunstleder gesagt. Ich will jetzt nicht an Sylvia denken. Sie hat mich nicht geändert. Ich habe sie zu dem gemacht, was ich bin, und dann verlassen. Mich habe ich schon. Das reicht. Sie hat nichts aus mir gemacht, wir haben uns nichts auseinander gemacht. Was haben wir eigentlich jahrelang gemacht? Ach ja, die Kinder. An die Kinder will ich jetzt auch nicht denken. Ich habe aus ihnen gemacht, was ich konnte. Jetzt schiebe ich jeden Tag Akten hin und her und höre mir Leidensgeschichten an, um den Unterhalt zu bezahlen. Sebastian macht Abi und will danach jahrelang studieren. Und Linda weiß noch nicht, ob sie Abi machen will. Ich werde noch ewig Akten hin und her schieben und mir Leidensgeschichten anhören. Ich arbeite beim Sozialamt.

Heute beim Sozialamt habe ich eine Stunde gewartet. Ich warte gerne. Ich warte immer. Jeden Tag passiert etwas, auf das ich gewartet habe. Heute hat es geschneit, ganz kurz. Heute hatten sie mein Haarfärbemittel nicht in der Drogerie, ein Dunkelbraun. Ich weiß nicht, wie es heißt, aber ich erkenne die lächelnde Frau auf der Packung. Sie erinnert mich an meine Grundschullehrerin, die unfähig war, mir etwas beizubringen. Ich mache ihr Vorwürfe. Aber sie hatte eine schöne Haarfarbe, ein Dunkelbraun. Ich habe darauf gewartet, dass sie die Farbe nicht mehr haben, denn immer, wenn ich etwas mag, wird es vom Markt genommen. Meine Lieblingsschokolade, ein Joghurt mit Birnen und Körnern. Als wäre mein Geschmack vorbei am Zeitgeist und ich immer der einzige Konsument dieser Produkte, so eine Art Geschmacksfreak. Vom Markt. Weg. Gott nimmt Produkte vom Markt, damit wir uns nicht zu sehr an etwas gewöhnen. Wir sollen flexibel sein. Er lässt Menschen sterben, damit wir uns andere suchen. Es sind ja genug da. Nicht drängeln, für jeden ist ein Freund da, ein guter. Ich werde mir meine Haare mit einem anderen Mittel färben. Gott will, dass wir darunter leiden, dass es diesen Joghurt nicht mehr gibt. Da hat er sich geschnitten. Ich schneide mir Birnenstückchen in den Joghurt und Körner mache ich auch dazu. Aber im Moment gibt es keine Birnen. Ich muss warten, bis sie reif sind. Ich warte gerne. Ohne Zeit macht warten keinen Spaß, aber ich habe Zeit wie Sand und mehr. Im Sozialamt haben alle Zeit, die Nummer 397 und die Nummer 402. Ich klebe meine Nummer ins Tagebuch und schreibe daneben: »Drei Leute haben gelesen und der Rest hat sich beschäftigt verhalten, Fingernägel, Naseninnenwände, Kinn und Ohren – alles sauber jetzt.« Ich saß still und übte meinen Text: »Überall habe ich mich beworben, überall in ganz Berlin, aber keiner braucht mich. Ich bin verzweifelt. Das können Sie sich vorstellen. Ich weiß gar nicht, was ich falsch mache. Schöne Bewerbungen habe ich geschrieben, Foto und alles. Und Briefmarken.« Und dann war da mein neuer Sachbearbeiter. Den wollte ich gar nicht anlügen. Den wollte ich mir in den Schlüpfer stecken, damit er sich aufwärmen kann.

Ich habe die Arbeit bis oben, bis ganz oben, die kotzt mich meterhoch an. Ich hab sie satt. Ich kann in den Mittagspausen nicht mal essen. Ich bin satt. Die Kollegen gehen in die Kantine und fressen, was ihnen angeboten wird. Andere fressen, was ihnen Mutti eingepackt hat. Klappstullen. Meine Kollegen sind Klappstullen in Aluminiumpapier. Ich gehe in die Raucherecke. Die sieht aus wie mein Kopf. Leer und ein Sofa aus Ikebakenoleum. Ich will nicht an meine erste Frau denken, nicht an die Kinder und nicht an die zweite Frau. Wer denkt schon gerne an eine Ursel? Wie kann man eine Ursel heiraten? Wollen sie die hier anwesende Ursel urseln? Urst gern! Jawoll! Ich habe gewichst. Ich will meine Ruhe. Ich will vor allem nicht an das Mädchen heute denken. Ich rauche mich matt. Ich rauche mich ab dieser Woche zuständig für die Buchstaben H bis N. Nicht mehr für A bis G. H bis N macht genau dasselbe wie A bis G. Verstehen Sie doch. Verstehen Sie doch bitte. Auch mit Bitte nicht. Bin ich das Sozialamt? Ich lehne ab und lehne mich zurück. Nächster bitte. Dann kommt das Mädchen und sagt: »Das können Sie sich doch vorstellen«. Ich kann mir ganz andere Sachen mit ihr vorstellen. Sie ist sehr jung. 17 vielleicht, ist über die exzessive Schminkphase hinaus. Ich schicke sie weg, aber sie bleibt sitzen. Sie kuckt zu meiner Kollegin und ihre Augen schicken sie aus dem Raum. Das hat sie in einem Krimi gesehen, hätte dann aber eine Federboa um. Wenn sie sich eine Federboa durch den Schritt zieht ... Ich schicke Frau Kobow raus. Das Mädchen atmet auf, als wären wir endlich allein. Wir sind allein, aber nicht endlich.

Er sieht aus wie ein Vogel, der aus dem Nest gefallen ist. So verloren. Er ist als Ei aus dem Nest gefallen und ein Hund hat auf ihn gekackt. Diese Wärme hat ihn ausgebrütet. Jetzt fällt er jeden Tag wieder aus dem Nest.

Sie sieht aus wie tausend andere Mädchen. Haare irgendwas. Offen. Augen irgendwas. Offen. Ihre Hände legt sie auf die Tischkante, als sollte ich ihre Fingerkuppen abhacken.

Ich weiß, dass er mich versteht, ohne daß ich etwas sage, also sage ich nichts.

Sie sagt nichts. Ich gebe ihr einen Termin. Einen Besuchstermin.

Morgen kommt er zu mir. Ich werde mit ihm schlafen, weil er es so will.

Ich will nicht an sie denken. Ich will einen Brief schreiben. Ich sitze auf dem Bett und raffe mich vielleicht auf. Ich will, dass der Brief mit dem Wort »ich« anfängt. Ich finde einen guten ersten Satz. Diese Geschichte ist eine Leidensgeschichte. Der Satz fängt nicht mit »ich« an. Ich lege mich schlafen, entscheide mich wie immer für die Trägheit. Morgen schreibe ich den Satz auf. Liebe Ursel. Liebe Sylvia. Liebe Kinder.

Morgen wird er mit mir schlafen. Ich war schon aufgeregter, aber ich habe nichts dagegen. Ich mache das nicht aus Mitleid. Bin ich das Sozialamt?

Erster Besuch

Morgens weiß ich den Satz nicht mehr. Ich sitze wieder auf dem Bett, bis das Meerschweinchen fiept. »Still!«, sage ich zu dem Meerschweinchen. Es fiept wie ein Kinderspielzeug. »Sitz!«, sage ich zu dem Meerschweinchen. Es fiept. Das Meerschweinchen hat auch einen Namen. Ich weiß den Namen gerade nicht. Es ist das Haustier meiner Tochter. Meine Tochter hat auch einen Namen. Ich war für einen anderen Namen. Ich mag Linda nicht. Den Namen. Linda ist nicht wie ihre Mutter, pickert nicht an mir herum, wie ein Spatz an einem Meisenring. Irgendwann fällt so ein Meisenring runter, wenn man zu lange pickert, dann muß man auf dem Boden essen, Spatz. Ich war für Anton, denn ich wollte noch einen Sohn. Jungs sind gut. Jungs sind keine Mädchen. Mädchen sind auch gut. Mädchen sind keine Jungs. Ich nenne das Meerschweinchen Anton. So heißt ein Freund von mir. Ich füttere Anton und ich füttere mich. Mir ist nicht gleich nach dem Aufstehen nach Rauchen. Daran erkennt man wohl einen Raucher. Er will gleich nach dem Aufstehen sofort rauchen. Ich weiß nicht mehr, wer mir das gesagt hat. Ist es besorgniserregender, wenn man nicht weiß, wer einem was erzählt hat, oder dass man immer weiß, wem man was erzählt hat, weil man so wenig redet? Ich rauche seit dreizehn Jahren. Natürlich bin ich ein Raucher. Ich will nur vorher einen Toast mit Käse.

Dann rauche ich und fahre auf Arbeit. Der Schnee klebt mir eine erhöhte Sohle unter die Schuhe. Die ganze Stadt ist voller Yetis. Es gibt sie doch. Sie haben Mützen auf und laufen, als hätte der Schnee ihnen eine erhöhte Sohle unter die Schuhe geklebt. Im Amt tauen mir die vier Zentimeter Erhöhung weg und ich bin wieder europäischer Durchschnitt. Nur mein Schwanz ist größer als europäischer Durchschnitt. Was ich mir darauf einbilde, ist so groß wie eine Zwirnrolle – europäischer Durchschnitt natürlich. Ich arbeite, bis ich stumpf bin, dann stehen die Hausbesuche an. Eine Frau, die einen Kinderwagen beantragt hat. Ein Türke, der einen Fernseher braucht, und ein Mädchen, was mit mir schlafen will.

Ich mummel mich zum Stadtyeti und fahre die Kunden in der Reihenfolge ab. Im Auto höre ich einen Radiosender, der mir mehr auf den Geist fällt als jeder andere, aber er bringt keine Straßenverkehrsmeldungen, die mir noch mehr auf den Geist fallen als alles andere, was mir auf den Geist fällt. Auf den Geist fällt – bumm, Geist tot.

Die Frau, die den Kinderwagen will, duzt mich. Ich sieze sie. Ich gehe durch ihre Wohnung wie durch ein modernes Museum. Was wollte der Künstler uns damit sagen? Es ist eine kackbeschissene Welt? Die Ironie liegt im Abwasch? Das erste Kind sitzt mit einer Beule auf dem Kühlschrank als Symbol für was Kaltes? Die soziale Kälte im Eisfach neben dem Spinat? Weil ich gar nicht schlechte Laune habe, sage ich: »Hübsch ham sie's hier!« Die Frau macht Augen wie unten abgeschnürt und oben quillt es raus. So sieht auch ihr Busen aus. Noch nie was von in Würde Altern gehört. Sie pult sich ratlos am Kinn. Dort ist Schorf und dann nicht mehr. Selbstvergessen isst sie den Schorf. »Bei mir zu Hause sieht es auch nicht anders aus.« sage ich. Das ist das Einzige, was ich für sie tun kann. Sie glauben machen, dass es Beamten des Staates, die Alimente statt Lohn bekommen, Kindern des Staates auch nicht besser geht. Sie lügt mich an und ich lüge zurück. Mehr ist nicht drin, denn in ihr ist auch nicht mehr drin als die übliche leere Gebärmutter. Sie kann nicht beweisen, dass sie schwanger ist. Der Arzt dieses und der Vater jenes und Geld tralala. Heul doch! Dann heult sie. Das Kind hüpft vom Kühlschrank und sagt: »Ich geh runter!«

»Aber es ist doch so kalt«, weint die Mutter. Das Kind zuckt die Schultern. Ich zucke auch die Schultern. Kinder, man kann

nicht mit sie und man kann nicht mit sie. Was will die Frau mit einem Kinderwagen, wenn sie nicht schwanger ist? Kann man im Kinderwagen besser Zigaretten schmuggeln? Auf dem Küchentisch steht ein nicht beendetes Mittagessen. Die Gläser sind nicht ausgetrunken und die Teller stehen mit aussortierten Resten auf dem Rand am Rand. Die Tischdecke ist bekleckert. Freigegeben, wie meine erste Frau dazu gesagt hat. Freigegeben, um weiter drauf zu kleckern. Muss sowieso in die Wäsche. Ich will nicht an Sylvia denken.

»Melden Sie sich, wenn Sie einen Test gemacht haben.«
»Ich habe doch schon einen Test gemacht.«
Ich sage: »Na gut, dann reichen Sie den Antrag noch mal ein.«
»Ich habe den Test verbummelt.« Sie heult immer noch. Als wäre das eine ausweglose Situation. Ist es nicht. Es ist Kleinkram, gegen den Großkram. Was ich manchmal sehe sind Zinnwannen und Drillinge in einem Bett. Ich zucke die Achseln. Der Sohn winkt mit einem Basecap in die Küche. Ein Basecap ist nicht wirklich eine warme Mütze. Die Ohren frieren drunter hervor. Es sind nicht meine Ohren. Es sind nicht die Ohren meines Sohnes. Verbummelt. Sie hat den Test verbummelt. Wenn wir ihr den Kinderwagen genehmigen, kommt sie und bringt ihn wieder, weil sie das Kind verbummelt hat. Ich lasse mich zur Tür bringen und gebe der Frau die Hand. »Ich werde sehen, was sich machen lässt.« Und ich sehe zu, dass ich verschwinde.

Verbummelt. Ich habe mein Mitleid verbummelt. Ist mir in den Gully gefallen und unter den Teppich gerutscht. Vielleicht hab ich es einer Frau geborgt und nicht wiederbekommen. Es hat aufgehört zu schneien. Ich fange an, an das Mädchen zu denken. Ich will erst bei ihr sein, wenn es dunkel ist, dann ist es dunkel. Sie sieht mir aus wie eine, die sehen will, wie ich aussehe, wenn ich komme. Und gehe. Um vier wird es dunkel. Eine Stunde noch. Eine Stunde geht bei einer türkischen Familie schnell herum. Kaffee und was kosten. Der Türke hat schon einen Fernseher. Eigentlich gibt es nicht viel zu sagen. Nein und gehen. Er erzählt mir was vom Pferd, vom anatolischen Pferd, auf dem seine Neffen sitzen und Schulgeld brauchen. Schulgeld. Fernseher. Kinderwagen. Nein! Ich trinke trotzdem einen Kaffee und sage, dass ich die Arbeit gerne mache, weil man mit Menschen zu tun hat. »Menschen sind nett!«, sagt die türkische Frau. Wenn ich den Satz im Kopf wiederhole, bekomme ich Krissel *hinter der Stirn. Menschen sind nett. Und Essen schmeckt gut. Zeit macht alt und der Arsch ist rund und besteht aus zwei Halbseiten. Ich tippe mir an die imaginäre Mütze auf meinem real existierenden Kopf und finde die Tür alleine.*

Mein Kopf will Ruhe. Ein stilles Mädchen auf den Feierabend und ein Bier. Ich kaufe zwei Bierflaschen. Vielleicht freut sie sich. Sie freut sich über die dritte Bierflasche, über mich. Ihre Wohnung ist niedlich. Überall baumelt was. Aber keine Traumfänger und Windspiele. Ich schlendere herum auf Socken. »Und?«, fragt sie. »Niedlich!«, sag ich. Sie freut sich. Ich müsste sie fragen, was sie beantragen will. »Willst du ein Bier?« Sie will kein Bier. Ich trinke beide Flaschen aus und wir nicken uns an. Ich kann nicht sagen, dass es mir unangenehm ist. Ich wünschte bloß, ich könnte es mit etwas vergleichen. Das ist wie mit Heike oder das ist ja ganz anders als mit Heike. Aber es ist irgendwie. Sie ist auch irgendwie. Während sie mit dem Oberkörper wippt und zur Seite schaut, kann ich betrachten. Sie ist eine Dorfschönheit. Das ganze Dorf würde bei ihrem Vater vorsprechen für die Rolle des Schwiegersohns. Sie würde mit einem Krug Wasser auf dem Kopf um den Tisch laufen und wenn ihr ein Mann gefällt nicken. Der Krug fiele herunter und Simsalabim – der zerbrochene Krug – wäre sie verheiratet. Doch, sie ist schön. Auf ihre Art, wie man so sagt.

Inzwischen ist es dunkel. Vielleicht will sie ein Windspiel beantragen. Sie will wissen, wann ich Feierabend habe. »In einer halben Stunde«, sage ich. »Gut, dann warten wir noch«, beschließt sie und macht Kaffee. Sie macht guten Kaffee. Dann ist die halbe Stunde herum und ich weiß, dass sie eine glückliche Kindheit hatte. Ich sage, ich hätte keine gehabt. Das tut ihr Leid. Sie will Erinnerungen von mir, Geschichten. Ich weiß, wie ich mit fünf Jahren auf dem Dachboden stand. Das nimmt sie so hin. Dachboden klingt gut. Haus, Dachboden, Lederhose, Wäsche aufhängen. Wir nicken einander zu und sie zündet eine Kerze an. »Jetzt!«, sagt mein Schwanz »Jetzt also!«, und quetscht sich im Schlüpfer nach oben, ist zwischendurch ein Henkel wie an einer Kaffeekanne. Hier Henkel, zum Anfassen. Jeder zieht sich selber aus. Wir kucken dabei, als wüssten wir schon, was dabei rauskommt, wenn die Hose wegfällt. Ja, theoretisch Brüste und unterschiedliche Schritte. Schritt für Schritt. Mir kommt das absurd vor. Es ist nicht wie mit Heike. Aber anders ginge es nicht.

Sich gegenseitig ausziehen ist verliebter oder lüsterner. Wir treiben hier weder noch und treffen uns auf ihrer Matratze. Sie beißt in meine Arme, während ich still halte. »Willst du überhaupt mit mir schlafen?«, *fragt sie.* »Das sieht man doch!« *Ich schaue auf meinen Schwanz.* »Schön!«, *sagt sie, der Schwanz oder dass ich mit ihr schlafen will. So als wäre es nicht abwendbar. Schön! Fein! Gut! Ich mag ihre Brüste. Sie sind spitz wie Eistüten. Da kann man sich die Augen ausstechen oder Essensreste aus den Zähnen pulen. Ich streiche vage darüber, wie ein Oberflächenprüfer. Eins A weich. Ich hole ein Kondom, die nackten Sohlen in ihrem kalten Flur kommen flappend auf und der Winter zeigt sich wieder von der Seite, die einen zum Nölen bringt. Der Boden ist kalt. Überall ist es kalt. Ihre Oberschenkel sind warm. Sie scheint ein bisschen enttäuscht zu ein, zieht mich aber zu sich. Ich dringe ein, Herein, Herein, sie ist nass, sehr nass. Ich lege meinen Kopf neben ihren auf meine Stirn auf ihr Laken. Ich atme feuchte Stellen an ihren Hals. Ihr Oberkörper stemmt sich gegen mich, als solle ich mich aufrichten und sie ansehen. Ich sehe sie an.* »Was ist?«, *fragt sie. Ihre Hände kneten meine Schultern wie Brot. Brot.* »Gefällts dir nicht?« *Weil ich nicht stöhne, sagt sie. Brot. Also stöhne ich. Ich stöhne zufällig die Kerze aus. Warmes Brot, weißes Brot. Dann komme ich ein bisschen, aber viel zu überraschend; nicht so überraschend wie es wäre, beim Zahnarzt zu kommen, der gerade die Plombe auswechselt, aber doch zu schnell. Dieses Gleich, Gleich, Gleich fällt weg. Auf einmal ist es vorbei. Ihre Haare hängen über den Matratzenrand. Wir haben uns an den Abgrund gevögelt. Das klingt viel schöner, als es ist. So ein Matratzenabgrund ist nicht hoch. Da fällt man nicht tief. Ihre Haare sind braun. Sie hat geschrien wie wild und liegt jetzt da. Ich habe nicht den Eindruck, dass wir uns jetzt besser kennen als vorher. Ob ich ihr wehgetan habe? Sie kuckt, als wäre das abwegig.* »Quatsch!«, *sagt sie und will wissen, ob ich gekommen bin. Normalerweise fragt man das Männer nicht. Mir wächst gleich 'ne Titte. Ich komme mir ganz sensibel vor. Ich sage Nein. Enttäuscht ruckelt sie sich unter mir hervor und bläst mir einen. Ich kann mich dabei nicht entspannen. Geht nicht.* »Hauptsache, du bist gekommen«, *sage ich zu ihr. Sie schüttelt den Kopf. Ich küsse ihre Schulter. Dafür hat sie aber ganz schön Krach gemacht. Ich schicke sie auf die Leiter, die in ihrer Stube steht, und lecke sie, bis ich ganz stolz*

bin, dass ich es so lange mache. Sie sagt: »*Ist okay!*« *Wir liegen noch ein wenig herum, zusammengeknüllt wie Essensreste und Verpackung. Ich knete ihren Arm und sie zieft in meinen Brusthaaren. Ob ich sie richtig küssen soll, frage ich. Wenn sie wieder* »*Ist okay!*« *sagt, muss ich unwillig brummen. Sie sagt:* »*Können wir auch nächstes Mal machen.*«
»*Ist okay!*«, *sage ich.*

Morgens habe ich gute Laune und danach wird sie noch besser, steigert sich hochkant. Es schneit wie ausgedacht. Leise und weich. Und ganz langsam. Ich borge mir ein Kind von einer Nachbarin und tobe im Hof herum. Das Kind will nach oben, aber ich behaupte, dass es vielleicht nie wieder so schön wird wie heute. Das Kind sieht das nicht so. Es hat kalte Hände und ich biete Kakao an, wenn es mir hilft einen Schneemann zu bauen. Wir stehen vor dem Schneemann, den wir gebaut haben. Ein trauriger dünner Mann. Ich freue mich unwahrscheinlich auf ihn. Das Kind findet den Schneemann verunglückt, »krüpplig« sagt es, und es kann ja finden was es will. Nur weil wir in einem Haus wohnen und den Fahrradkeller zusammen benutzen, muss es meinen neuen Freund nicht mögen. Ich stecke dem Schneemann eine Astgabel in die kalte Faust, wie eine Wünschelrute, mit der er suchen kann, wo es warm ist. Wärme wäre für den Schneemann gar nicht gut, nein. Bis er kommt, muss ich noch meine Wohnung aufräumen und meine Hände warm bekommen. Davor muss ich den versprochenen Kakao machen, für das Kind. Das Kind sitzt auf einer der Leitern, auf der dritten Stufe, und fragt mich, was ich mache. »Kakao«, sage ich, aber das Kind meint, allgemein. Was ich mache, wenn ich nicht Kakao mache. Kaffee? Ich verstehe schon, natürlich, aber ich will nicht antworten, warum auch? Das Kind ist sechs Jahre alt und schon morgen ist die Welt eine andere, ganz anders, ohne Schnee zum Beispiel und schon in zwei Jahren wird es nicht mehr wissen, was ich ihm erzählt habe. Also sage ich, ich wäre in einer Umschulung. Umschulung muss ich erklären. Das Kind will alles wissen. Das ist ein dummer Satz. Man kann gar nicht alles wissen. Es gibt so viele Sprachen und so viel Grammatik. Und man will so viel nicht wissen. Konzentrationslager und philosophische Betrachtungen. Ich will das nicht wissen. Das Kind trinkt den Kakao und wir reden über Kleingärten. Die Eltern des Kindes haben einen in Straußberg. Meine Tante hatte einen Garten. Wir finden beide Gärten schön, sehr schön. Dann geht das Kind, um etwas im Fernsehen zu sehen, was man so macht, wenn man krankgeschrieben ist mit Ohrensausen. Ich räume auf. Ich schiebe eine ganze Stunde den Papierkram unter den Teppich, dass keine große Beule entsteht. Den Zettel für die Krankenversicherung muss ich noch ausfüllen, für die GEZ muss ich noch bestreiten, dass ich ein Radio habe, fürs Wohngeld muss ich was nachreichen. Dann gieße ich meine Pflanzen und überlege, ob sie Namen brauchen. Aber wozu? Wenn ich sie rufe, kommen sie nicht. Außerdem bin ich kein Hippie. Ein Hippie trinkt Pipi. So was mach ich nicht. Vielleicht, wenn es einen Mann sehr froh machen würde. Er soll nicht denken, dass ich mich vor ihm ekel. Es ist Mittwoch und ich sitze auf meinen Händen, damit sie warm sind für meinen neuen Mann. Ich sitze auf meinen Händen und darum kann ich nichts machen. Ich warte auf ihn, weil ich immer schon auf ihn gewartet habe. Ich liebe es, solche Sätze zu denken. Sie klingen gut. Ich habe schon immer auf ihn gewartet. Schon immer. Er ist alle meine Männer zusammen. Die waren so verschieden, dass ein Durchschnitt herauskommt. Unterm Strich ist er alle. Normal groß und dunkle Haare. Alle Haarfarben gemischt ergibt dunkle Haare. Ich warte mit angespannten Muskeln und geschlossenen Augen. Das ist so sinnvoll wie eine Ausbildung zur Floristin. Die Ausbildungsstelle habe ich letzte Woche abgelehnt, weil alles in allem kein Sinn darin zu suchen ist, zu finden schon gar nicht. Im Winter noch dazu. Blumen im Winter. Zimt im Sommer. Ich sitze auf meiner Truhe und habe Zeit für alles, was ich will, alles. Ich will auf ihn warten. Ich will, dass er zu mir kommt an einem verschneiten Tag und über den Winter bleibt. Im Sommer fahren wir an die Ostsee. Irgendwer muss seine Frau sein. Dann mache ich das. Da muss doch ein Mensch in dem Mantel sein und im Oberhemd ein Mann, meiner. Ich sitze aufrecht. Wer leichte Lasten trägt, der kann länger Lasten tragen und die von anderen. Wo bleibt er? Ich konzentriere mich darauf, dass er bald da ist, zur selben Zeit wie ich in meiner Wohnung, und schon nach zwei Stunden klingelt es, er.

Durch seine nassen Sachen kann ich seine Rippen sehen. Alle da. Wir sind alle da. Ich und er jetzt auch. Er zieht die Schuhe aus. Er liebt mich. Er mag meine Wohnung. Er liebt mich. Ich liebe ihn. Die einzige Logik. Ich war in Mathe immer schlecht, aber Haare schneiden kann ich und blasen, und ich weiß was mit meinen Händen anzufangen. Ich kann Nägel in eine Wand schlagen und wieder herausziehen. Ich kann die Löcher zuspachteln und hüpfen, bis ich müde bin. Er ist müde. Arbeit macht müde. Ich mache ihm Kaffee. Er trommelt mit den Fingern auf meinen Tisch, sitzt wie auf einem Stuhl, der schon mal unter ihm zusammengebrochen ist. Er misstraut Stühlen. Wer aus dem Nest gefallen ist, misstraut Stühlen. Ich hoffe, er fickt nicht, als wäre eine Frau schon mal unter ihm zusammengebrochen. Selbst wenn. Das macht nichts. Ich bin sein Gegenteil. Er wird lernen. Während er Kaffee trinkt, schaut er sich um. Schau dich um! So sehe ich innen aus, gemütlich und begrünt. Meine Pflanzen haben keine Namen, denn ich trinke kein Pipi, außer du willst es, unbedingt. Wir reden über unsere Kindheit, weil ich wissen will, wo mein Mann herkommt. Er kommt aus einer Lederhose, von einem Dachboden. Von weit her also, aber er hat zu mir gefunden, gut. Als er die Fotos an der Stubentür betrachtet, fahren meine Augen im Schritttempo über seine Schultern. Seine Arme hängen, weil er in seinen Händen Koffer voller Geschichten hat. »Gib her!«, sage ich zu ihm und nehme ihm die Kaffeetasse ab. Gib her, deine Geschichten, ich ertrage das. Er fragt mich, ob das mein Freund sei und zeigt auf Fotos von Mario, Frank und Holger. »Das ist mein Freund«, sage ich. Mario, Frank und Holger sehen sich ähnlich. Mein Jagdschema, hat eine Freundin gesagt. Sie heißt Ina. Ich habe auch Freundinnen. Die sehen sich nicht ähnlich. Ina sieht nicht aus wie Gesine und Gesine sieht nicht aus wie Julia, aber Holger sieht aus wie Mario und Mario wie Frank. Jagdschema, als wäre ich ein Tier. Ich mag Tiere, aber sie mögen mich nicht. Sie bellen und kratzen und kacken auf mein Fahrrad. Jagdschema, als wäre ich auf der Jagd. Dabei laufen mir die Männer zu. Sie sind zahm und ich habe nie viel zu tun. Ich nehme die Pille und stelle seltsame Fragen. Ich frage einen Steckbrief ab. Lieblingsfarbe und Lieblingsbuch. Mein Sachbearbeiter zuckt die Schultern. Er hat sich über nichts einen Kopf gemacht. Gelb und Dorian Gray, sage ich. Er mag alles auf dieselbe Weise nicht. Mich mag er, weil er da ist. Er heißt Peter. Das macht nichts. »Peter!«, sage ich. Dann warten wir noch eine halbe Stunde. Ich ziehe mich für ihn aus. Er zieht sich für mich aus. Wir krauchen zusammen. Die ersten Berührungen sind langsam und langweilig, weil die Geschlechtsteile noch außen vor bleiben, draußen. Sein Schwanz streckt sich, groß. Die Decke strampel ich vom Bett. Er ist lecker. Er riecht gut. Überall riecht er gut. Sowas wie ein Vorspiel ziehen wir durch, das brauch ich nicht, weil ich schon immer auf ihn gewartet habe, schon immer. Dass er ein Kondom holt, macht nichts. Nichts macht was. Er macht es mir. Der Rhythmus ist wie ein frühes Beatles-Lied. Schnell. Das gefällt mir, wie schön eingepackte Geschenke und dann das Geschenkpapier zusammenfalten und aufheben. Während ich nichts denke, denke ich, dass ich nichts denke. Sein Schwanz ist gut. Sein Rücken ist warm. Sein Gesicht gefällt mir. Ich versuche ihn anzusehen, aber er kuckt in sich, oder so. Seine Augen sind wie eine mit Wasser gefüllte Badewanne. Das Wasser ist kalt, aber mir ist warm. Seife ist da und eine Quietscheente. Alles ist gut. Er fasst mich nicht überall an, aber das wird noch. Unsere Körper reden ein wenig aneinander vorbei, aber das wird noch. Wir sagen nichts zueinander. Ich will nicht, dass er was Blödes sagt, so wie: »Das siehst du doch«. wenn ich ihn frage, ob er mit mir schlafen will. Ein Ja hätte mich froh gemacht, oder wild. Ich will seinen Namen nicht sagen. Peter. Oh Peter. Daran muss ich mich gewöhnen. Es dauert eine Weile, aber nicht lange. Immer wieder fühle ich etwas in mir aufsteigen, was mich an ein Zirkuszelt erinnert, ein Mann mit einem rosa Tütü versucht mich zu überreden, mit ins Zirkuszelt zu kommen. Mir gefällt das Ficken sehr gut, darum der Zirkus, das Zelt. Als er seinen Schwanz aus mir zieht, bin ich traurig, weil er geht. Aber er bleibt auf mir liegen und belastet mich. Ich mag das. Schön. Schwer und warm, alles was eine gute Zudecke braucht. Bleib den ganzen Winter, Peter. Das Kondom bleibt drin. Er fischt danach mit schrägem Kopf. Konzentriert und als ob das immer passiert. Ist mir noch nie passiert, aber irgendwann ist immer das erste Mal. Unser erstes Mal. Unser, wir wie zwei Rehe an einem Brunnen und ein Rosensträuchchen und ein Zäunchen, aber nicht zwischen den Rehen. Die Rehe werden zur Zucht zusammen gehalten und sie sollen sich paaren und fortpflanzen. Ich halte nicht so viel von Romantik. Das brauche ich nicht. Wir teilen Intimität und Romantik ist vielleicht das Gegenteil davon. »Ich hab's«, sagt er, als er das Kondom hat. Ich finde das lustig, obwohl es sich nicht gut anfühlt, wenn in einer angeregten Möse herumgesucht wird, nicht wirklich. Aber er kuckt wie vorher. Sein Gesicht verändert sich nicht für mich, als wäre es nur Sex. Wir machen uns gegenseitig Lust, dass jeder sich auf sich selbst konzentrieren kann. Ich blase ihm einen. Er schiebt sich das Kissen unter den Kopf, um kucken zu können. Dann bin ich dran. Ich kann das nicht auf der kalten Leiter. Kurz bevor ich kommen könnte, zittern mir die Füße. Im Sommer vielleicht. Er geht, nachdem wir eine halbe Stunde herumgelegen haben, summend ich und wegnickend er in der Zufriedenheit der frisch Gefickten. Die Heizung rauscht, und er muss das Meerschweinchen füttern. Er hat ein Meerschweinchen und ich hab keins. Wir passen gut zueinander.

Als er gegangen ist, hat er nur Dreck in der Wohnung hinterlassen. Dreck aus getautem Schnee in meinem Flur. Ich lasse ihn liegen, weil ich es schön finde, dass er Dreck gemacht hat. Vielleicht bin ich doch romantisch. Auf den Schock muß ich erstmal zum Spiegel gehen, um zu kucken, wie ein romantisches Mädchen aussieht. Gar nicht schlimm, rot im Gesicht, mit Fickwängchen. Er hat sogar das Kondom mitgenommen, als könnte ich damit was basteln, was ihm nicht passt. Er will noch kein Kind mit mir. Das ist nicht so schlimm. Ich habe schon eins.

Mein Peter mit dem Katernamen. Ein Peter wie andere Peter. Kein Mann, den man nicht vergessen könnte. Er sollte für den Geheimdienst arbeiten. Keiner würde ihn wieder erkennen. Keiner könnte später sagen, wie mein Peter aussieht, meiner. Ich kann das auch nicht. Groß und schlank, fein und eckig. Sein Gesicht vergisst sich leicht, fasst sich weich an und vergisst sich gut. Nächstes Mal muss ich ihn neben die Augen küssen. Falten. Ich muß ihn fragen, seit wann er allein ist, warum er mich liebt, ob er manchmal gemeine Sachen denkt und wofür er brennt, was er glaubt, wie ich mit kurzen Haaren aussehe. Ich befriedige mich, nur mit den Händen, weil er außer Dreck und zwei leeren Bierflaschen nichts dagelassen hat und ich seine Reste nicht einbinden kann in meine Befriedigung. Dreck soll man nicht in den Schritt machen und Flaschen soll man nicht einführen, weil so ein Unterdruck entstehen kann, dass die Flasche sich ansaugt. Das sind lustige Geschichten, die sich die Krankenschwestern in der Nachtschicht erzählen, aber mir reicht die Theorie. Liebe Kinder zu Hause, probiert das nicht aus. Leckt im Winter nicht am Klettergerüst, schockgefriert keine Unken und führt euch keine leeren Flaschen in den Po ein. Und volle? Bevor ich es vergesse, legt keine Steine auf Schienen. Ich befriedige mich mit den Händen. Ein bisschen Geruch hat er dagelassen und ich denke an ihn, während ich komme. Ich werde jetzt immer an ihn denken, wenn ich es mir mache. Er wird auch an mich denken, und wenn wir das gleichzeitig machen, hebt ein Sturm an und fegt über die Wüste, bis er ein kleines Häuschen ergreift und ins Zauberland trägt. So eine große Liebe ist das. Peter und Tanja sind ein Paar, welches kraft ihrer zufälligen Begegnung Serviettenspender über dem Tisch schweben lassen kann. In meinem Geburtsort gab es ein Eiscafé, das hieß »Petermännchen«.

Franziska Gerstenberg
Wachteln, Kinder, Konzentration

Es hat keinen anderen Grund gegeben, in den Wildpark zu fahren, als den, dass am Feiertag die Sonne scheint. Gernot schließt die Fahrräder aneinander und steckt den Schlüssel zurück in die Anoraktasche. Ulrike steht neben ihm und hält die Hände, verdreht und ineinander verschränkt, vor ihren Bauch. Sie trägt schwarze Stulpen aus Baumwolle über den Gelenken und sagt: Der Futterautomat steht da vorn. Ihre Stimme ist heiser von der Erkältung, mit der Gernot sie angesteckt hat, tagelang hat sie husten müssen und schwer geatmet. Gernot erinnert sich, dass sie noch am Vorabend wenig gesprochen hat und auch am Morgen beim Frühstück.

Vor den ersten Schildern bleiben sie stehen. Vorkommen von der Baumgrenze im Norden bis in die gemäßigten Breiten auf der ganzen Welt, liest Gernot vor. Eine Frau mit Kinderwagen stoppt und hört ihm zu. Aber in Mitteleuropa ist er doch ausgerottet, sagt Ulrike. Gernot kann den Luchs nirgendwo entdecken, nicht in der Hütte und nicht auf dem abgesägten Stück Baumstamm. Vielleicht ragen im hinteren Teil des Geheges, kurz vor dem Zaun, die Ohrpinsel aus dem Gras, aber Gernot sieht nicht ganz scharf. Er hat seine neue Brille auf dem Küchentisch liegen lassen. Sie sind aufgebrochen, als wären sie in Eile, die Zeitung noch ausgebreitet über den Eierschalen, in den Tassen Kaffeereste mit schwarzen Körnern darin.

Schön hier, sagt Ulrike. Er beugt den Kopf zu ihr hinunter und riecht an ihrem Nacken, bis sie um seinen Hals herumgreift und seine Nase gegen ihre Haut stößt. Er weiß nicht, woran er zweifelt. Findest du wirklich?, fragt er.

Der Weg ist mit rotem Sand bestreut, die Rehe und Ziegen kommen nah an die Drahtmaschen heran und nehmen die angebotenen Eicheln und Gräser mit den Lippen von ihren flachen Händen. Gernot fällt auf, wie viele Kinder unterwegs sind, wie viele kleine Familien, wie viele Großväter und Großmütter, die die stolpernden Enkelinnen auffordern, mit den Händen über die Knie zu fahren und *putzeputze* zu machen. Ein kaum Dreijähriger drückt ein Metallauto an die Brust. Die einzelnen hochschwangeren Frauen gehen schnell und angespannt an den Volieren vorüber. Gernot greift nach Ulrikes Hand und lässt sie wieder los. Es muss ausgesehen haben, als wollte er zeigen, dass sie zusammengehören. Sie fragt: Hast du noch Eicheln?

Auf einer Hinweistafel am Gehege der Fischotter ist die nächste Fütterung für halb zwei angekündigt, das ist in zehn Minuten. Eine Frau mit Kittelschürze und einem gelben Eimer am Arm versorgt die Nerze nebenan. Gernot fragt, ob die Otter wirklich Fische bekämen. Sie schüttelt den Kopf, Fische gebe es nur am Wochenende, dann stünden die Kinder vor dem Elektrozaun Schlange. Das wollen sie alle sehen, sagt sie. Die zwei Fischotter gleiten nebeneinander her durch das Wasser, und wenn sie tauchen, sieht man die kräftigen flachen Schwänze. Dort drüben sitzt ein Waschbär, sagt Ulrike. Gernot will zur Fütterung bleiben, er hat noch nie einem Otter beim Fressen zugeschaut.

Ulrike hält das Gesicht in die Sonne. Eine Seite ist heiß, sagt sie, aber die andere friert. Vor allem an der Schulter, am Hals, sagt sie. Mit geschlossenen Augen und steilem Kinn geht sie in Richtung Waschbärgehege, bis sie mit dem Bauch gegen die hölzerne Absperrung stößt. Gernot, sagt sie, ich muss dir etwas sagen. Er geht ihr hinterher, bemerkt eine zuckende Ader an ihrer Schläfe und sieht weg. Weißt du, fragt er, ob es hier Uhus gibt? Vielleicht, denkt er, werden auch die Uhus gerade gefüttert. Die Eulenvögel haben ihn immer erregt, ihre Unbeweglichkeit, das lautlose Schlagen mit den Flügeln.

Am Vortag hat es geregnet, stundenlang und schräg gegen die Hauswand, und Ulrike hat vor den Fensterscheiben gestanden, abwechselnd das linke und das rechte Auge zugehalten und nach draußen gesehen. Jetzt hat die Sonne die meisten Pfützen getrocknet, nur in der Wegmitte, in einer länglichen Vertiefung, steht noch Wasser. Es sieht braun und dickflüssig aus, das Licht fällt durch die Bäume und bricht sich an der Oberfläche. Gernot beobachtet das Kind mit dem Metallauto, das mit seinen Gummistiefeln in die Pfütze hineinläuft, sich breitbeinig aufstellt und die Arme zur Seite streckt. Dann schwingt es den Oberkörper nach vorn und sieht durch die Beine hindurch den herankommenden Eltern entgegen. Dabei berührt seine blaue Kapuze das Wasser. Björn, ruft die Mutter. Das Kind richtet sich auf, streift mit einer schnellen Bewegung die Kapuze ab und taucht den Kopf erneut in die Pfütze. Die Mutter schreit: Björn, hör auf! und läuft schneller. Vorsichtig senkt das Kind den Kopf, bis das Wasser die Hälfte der Stirn bedeckt. Dann ist die Mutter bei ihm und zieht es hoch. Die blonden Haare stehen wie ein Hahnenkamm über dem Scheitel, das Kind hebt die Hand und tastet über die nassen Strähnen.

Gernot sieht Ulrikes Blick. Sie starrt in die blauen Kinderaugen. Ich muss mit dir reden, sagt sie, sie haben mir gestern gekündigt. Er glaubt zuerst, er habe sich verhört. Dem Kind läuft ein brauner Tropfen die Wange hinunter, es verzieht den Mund, und Gernot sagt: Was?

Fütterung, ruft die Tierpflegerin mit dem gelben Eimer. Vor dem Zaun der Fischotter schieben sich die Menschen hin und her. Ich will das sehen, sagt Gernot. Er nimmt Ulrike am Arm und zieht sie über den Weg, sie wehrt sich. Schnell, sagt er, wir bekommen keinen Platz mehr. Er versucht, an die Otter zu denken. Jetzt hat er nicht einmal herausgefunden, ob es Uhus gibt.

Die Fischotter laufen vor dem seitlichen Eingang auf und ab, sie bewegen sich wie unförmige Schlangen, die Rücken bilden Buckel, glitschig und braun. Der eine Otter gibt Geräusche von sich, die wie ein Husten klingen, der andere fiept. Männchen und Weibchen, sagt Gernot, hörst du das? Er fragt: Ulrike? Sie schweigt und versucht, seine Hand von ihrem Arm zu schieben. Er bemerkt, dass er noch immer den Stoff ihrer Jacke umklammert hält. Die Pflegerin öffnet die Drahttür und wirft jedem Otter zwei magere weiße Vögel hin. Die Otter springen in die Luft und fangen die Körper mit den Zähnen, dann tragen sie sie ins seichte Wasser, beginnen zu fressen. Sie fressen im Abstand von einem Meter und ohne aufzusehen.

Entschuldigen Sie, sagt Gernot zu der Pflegerin, die eine Schubkarre aufgenommen hat und sich ihren Weg durch die Menge bahnt. Er fragt: Was sind das für Vögel? Wachteln, sagt die Frau, später bekommen sie noch eine. Und am Morgen, sagt sie, immer eine schöne Ratte. Hast du mir zugehört?, fragt ihn Ulrike. Er spürt, dass seine Augen tränen. Er kennt das, er hat dann entweder zu wenig oder zu viel geschlafen. Die Frau trägt Wollhandschuhe mit Löchern an den Fingerkuppen und eckig wirkende Gummistiefel. Er fragt: So viel fressen die? Sie lacht. Ist doch nichts dran an so einer Wachtel, sagt sie, die sind erst ein paar Tage alt. Jetzt sieh wenigstens hin, sagt Ulrike, das wolltest du doch.

Die Otter fressen die Wachteln, den Kopf zuerst. Sie recken die Hälse und schlagen die Zähne in Federflaum, Haut und Knochen. Eklig, sagt eine Mutter mit Kinderwagen. Gernot versucht sich zu erinnern, ob es die Frau von vorhin ist, die Frau, die sie bei den Luchsen gesehen haben. Das Kind mit dem Metallauto steht an der Absperrung und hält den Mund weit offen. Der Vater hinter ihm sagt: Sieh nicht hin. Die Otter würgen die Wachteln hinunter, indem sie immer wieder den Kopf hochwerfen und schnappen und schlingen. Was sich in ihren Mäulern befindet, wird mit den Zähnen so bearbeitet, dass es durch den Schlund passt. Die katschen, sagt das Kind mit dem Metallauto. Sie haben mich ins Büro gerufen, sagt Ulrike, ich hatte noch nicht mal meine Tasche eingeschlossen. Natürlich bekomme sie noch Geld, aber es sei ihr freigestellt worden, nach Hause zu gehen. Soll ich dich in den Arm nehmen, fragt Gernot. Lass, sagt Ulrike, sie brauchen mich eben nicht mehr.

Gleichzeitig sind die Otter mit ihrer ersten Wachtel fertig geworden und suchen im Wasser, zwischen den verfaulten Pflanzen, nach der zweiten. Dass sie so konzentriert sind, sagt Ulrike. Gernot denkt an das Frühstück am Morgen, die Krümel auf den Fliesen. Er hat sich die erste Zigarette angesteckt, zum weich gekochten Ei, sie herunterglühen lassen und im Radio nach einem Sender gesucht, bis ihm das Feuer die Finger verbrannte. Er weiß nicht, was er Ulrike sagen soll. Die Zigarette hat nicht geschmeckt. Er hört die Otter schmatzen und die Knochen der Wachteln brechen. Die Otter werfen die Köpfe nach oben, die Wachteln hängen aus ihren Mäulern, und wenn die Vögel das Wasser berühren, klatscht es. Ulrike bei der Arbeit, zwischen den teuren Koffern aus Lackleder, den Handtaschen der fremden Firmen, das ist Konzentration gewesen. Ihre hochgebundenen Haare, die goldenen Rosen in den Ohrläppchen, goldene Rosen für jeden einzelnen Kunden, er fragt: Was hast du falsch gemacht? Sie flüstert: Spinnst du?, greift nach seinem Ohr. Umsatzeinbußen, sagt sie, wer zuletzt eingestellt wurde, muss zuerst gehen. Platz da!, ruft hinter ihnen die Pflegerin, hier kommt Nachschub. Aber dann geht sie erst zu den Nerzen.

Ulrike starrt in die Kinderwagen. Gernot kann die Otter nicht sehen, ein Mann hat sich vor ihn geschoben. Entschuldigen Sie, sagt Gernot, wissen Sie, ob es hier Uhus gibt? Einige der Großeltern wollen weiter, auch die Enkelinnen finden die fressenden

Fischotter nicht mehr spannend. Kein Kampf ums Futter, kein Fauchen und Beißen, die Großväter sagen: Bei dir und deinem Bruder sieht das anders aus. Nur das Kind mit dem Metallauto schaut noch zu, mit offenem Mund. Die Mutter tritt kleine Kiesel weg. Du wolltest ja unbedingt her, sagt sie zum Vater. Björn, sagt sie, komm jetzt. Das Kind reißt die Augen auf, ohne zu blinzeln. Der eine Otter ist keine zwei Meter von seinem Gesicht entfernt. Er frisst an der Wachtel, der helle Körper verschwindet, die orangeroten Krallen ragen zu beiden Seiten aus dem Maul heraus und stehen starr in die Luft. Es scheinen sich jeweils vier Krallen am Ende der dürren langen Beine zu befinden, vier Krallen und ein Dorn. Gernot schiebt den Mann beiseite. Das Kind drückt das zerkratzte Auto fester an seine Brust und sagt leise: Nur noch die Beinchen. Igitt, schreit die Mutter.

Ulrike lacht. Gernot, sagt sie, ich hab's. Sie sagt: Jetzt, wo ich keine Arbeit mehr habe, können wir doch ein Kind bekommen. Sie steht vor ihm und hat den Mund ihrer Mutter. Er dreht den Kopf weg, denkt an die Leute, die keine Lederkoffer mehr kaufen, an Worte wie Rezession und Optimierung, wie Hochsteckfrisur, kundenfreundlicher Umgangston, das alles hat ihm gerade noch gefehlt. Ulrike, sagt er, spinnst du jetzt.

Die Pflegerin bleibt vor ihnen stehen. Sie trägt den gelben Eimer am Henkel. Nichts dran an so einer Wachtel, sagt sie und deutet hinein, sehen Sie? Er nickt dreimal, ohne den Blick zu senken. Gibt es bei Ihnen auch Uhus?, fragt er. Was wollen Sie mit denen, sagt sie, die kriegen nur Küken als Futter und warten Stunden, bis sie sie fressen. Mit den Uhus, sagt sie, können Sie sich ins Grab langweilen. Er nickt wieder, er will fragen, wo er die Uhus finden kann. Aber plötzlich reißt die Frau den Eimer an den Bauch und schreit Ulrike an: Was machen Sie denn da?

Er hat nicht bemerkt, dass sie neben ihn getreten ist, keine Bewegung hat er wahrgenommen. Sie hat sich gebückt und einen der Vögel aus dem Eimer gefischt, mit zwei Fingern hält sie die Wachtel am Hals. Der Vogel baumelt, der Kopf mit dem kaum sichtbaren Schnabel hängt herab. Der Körper sieht aus wie von einem winzigen Huhn, Gernot muss an Broiler denken. Er denkt, dass da kein Fleisch auf den Knochen sein kann, tatsächlich. Ulrike, sagt er. Aber sie läuft an ihm vorbei zu dem Kind, das noch immer mit offenem Mund am Gitter steht. Sie hält die Wachtel vor sein Gesicht, schwenkt sie und lacht. Das Kind streckt die

Hand aus und fragt: Darf ich's auch mal halten? Die Mutter kreischt. Und Ulrike geht in die Hocke, als wäre sie irgendwie eingeknickt, legt von hinten die Arme um die Brust unter dem blauen Kinderanorak, presst die Nase in die Kapuze. Mein Kleiner, sagt sie, meine Wachtel. Das Kind atmet leise. Gernot zieht Ulrike hoch. Geh zu deiner Mutter, Björn, sagt er.

Er will Ulrikes Hand festhalten, aber sie schüttelt ihn ab. Sie hält den Vogel in den immer noch blauen Himmel. Ein Kreis hat sich um sie gebildet, Leute bleiben stehen. Geben Sie jetzt mal die Wachtel her, sagt die Pflegerin. Ulrike lässt das Tier in den Eimer fallen. Gernot hat nicht das Gefühl, dass sie seinem Blick ausweicht, sie sieht ihn nur nicht an. Stellen Sie sich vor, sagt sie zu den Umstehenden, dieser Mann will kein Kind von mir.

Petra Lehmkuhl
dosenpfand

kein anschluss unter dieser nummer oder the number you have dialed is temporarely not available.

das erste mal als ich frank traf war im obst und gemüse, er saß natürlich an der theke mit dem rücken zu mir und zwei schon lange in vergessenheit geratene herren stellten ihn mir vor. da drehte er sich zu mir um. gott mit dir du land der bayern! dann der korb in der mir-bar. ist das jetzt ein problem für dich, fragt er. ja, sage ich. ansonsten zeigte ich mich sehr souverän. allerdings, sagte er selber. ein paar mal habe ich ihn nur noch entkräftet aus der wohnung geschoben und dass ich jedesmal nach den harten nächten auf einer geteilten matratze krank war, konnte man nicht sehen, nur ahnen. er hat nichts geahnt. wie, ein rückfall in bremen?, das habe ich nicht gemerkt. ich habe es mir dann abgewöhnt, signale zu zählen und zu studieren. grenzüberschreitend, sagen die anderen. ich habe es überstanden, ich habe die restlichen, hässlichen puzzleteile gefunden und ihn letztendlich verstanden. wenn er dann die grenze zu meinem hemd überschritt, gab ich ihm seine hand zurück und schlief ein. es wurde sich kein kopf mehr an seinem zerbrochen bis er es ausspricht und sich beim zu mir schreiten an meiner gläsernen grenze die nase platt drückt. der zweite korb in der mir-bar, nein, sage ich, nicht den hauch einer chance und küsse ihn. und, tut das weh?, frage ich mich. ausgleichende ungerechtigkeit.

und wie ich dir das erste mal sage, dass ich schwanger von dir bin, obwohl wir es noch nicht einmal getan hatten. schließlich kamen unsere körper doch noch zusammen. du hast sicher nicht mehr damit gerechnet, ich auch nicht. was für eine überraschung!

greifswald, eine stadt kriegt aufs maul! schöne grüße von der ostsee, leider ist ebbe. und er glaubt es. idiotie der bergvölker. lass uns irgendwo hinfahren zusammen, sagt er, wegen mir, nicht meinetwegen, sondern wegen mir, in den harz zum pilze sammeln. dann sollte es mein watt sein: theoretisch war alles klar: wir laufen gegen das wasser und wir gehen nicht zurück, hilfreich ist ein kompass, lebensnotwendig ist eine uhr, wenn die flut kommt sind wir im besten fall schon da. wir werden barfuß gehen, wir werden nasse füße bekommen und du brauchst dich nicht zu fürchten, wir befinden uns auf meinem terrain, du hast angst um deine füße, immer diese angst um deine füße, um deine beine, deine venen, um deinen ganzen maroden körper. voraussichtlich wird es uns in den nacken regnen, bei gewittern gehen wir nicht. nach niedrigwasser lassen wir keinen pril zwischen uns und der insel. seevögel und seehunde dürfen nicht beunruhigt werden, wir betreten keine salzwiesen, denn dort brüten austernfischer, das baden von sandbänken aus ist nicht ungefährlich, aber wir sollten es trotzdem tun. viel wurde die lebensgefahr diskutiert bis letzendlich kein naturparadies betreten wurde.

über unseren köpfen tanzten unsere schatten pogo und lachten sich tot. die ähnliche sozialisierung, die wir geglaubt haben zu erkennen, war lediglich eine musikalische und hatte mit unseren innenleben weiter nicht viel zu tun.

trennungstrilogie, teil 1, habe ich etwas falsches gesagt? möglich. doch fangen wir bei den füßen an. einer hat es sich in einer lache noch warmem spermas bequem gemacht. hören wir bei den augen auf: die betrachten ihn unter verschlossenen lidern: er kann lachen, er kann brüllen, er kann können. heute musste er mit einem eigenen taxi in die eigene wohnung fahren und das einzige, was wir darüber wissen: die sparkasse in berlin hat dafür großes verständnis. was denke ich darüber? es ist vielleicht ein bisschen wie mit dem schlagangefallenen haut- und knochen-outfit onkel, dem der computer rausgetragen und das telefon abgestellt wird. denn, wofür? vielleicht ist es aber doch anders. meine telefonnummer ist vorerst dieselbe.

im treppenhaus ist eine taube gefangen. weil sie nicht klug ist, geht sie nicht nach unten durch die tür zurück in den hof, sondern sie will nach oben. immer nur nach oben, aber die dachluke ist nicht auf und so kackt sie mir im dunkeln vor die tür und weiß nicht, wie das hier ausgehen wird für sie. herzrasen habe ich vor ekel, wenn wir uns treffen. was, wenn sie in meine wohnung kommt? was, wenn ich sie aufschrecke und sie mir ein auge ausschnabelt, was, wenn sie mich berührt? ich sehe ein, dass dieses treppenhaus nicht der passende ort ist für blumen-bouquets und pralinees bis zu mir in den vierten stock. das sehe ich ein, trotzdem. ich würde euch einen löwen töten, aber diese taube fasse ich nicht an. ich gehe nicht an ihr vorbei und öffne die dachluke. lieber ziehe ich aus. adresse wird eventuell nicht bekannt gegeben. nur ein tipp: auf jeden fall kreuzberg und dann wohl parterre, denn alles andere ist voll. ihr könnt mich also suchen! so groß ist kreuzberg auch wieder nicht. übrigens, so groß wie schweinfurt. übrigens: jeder deutsche denkt acht mal am tag an sex.

teil 2. eure zickigkeit meldet sich nicht mehr. schuld ist wahrscheinlich das short message system und t neun. bekannt sind die worte hitler, goebbels, auschwitz ... unbekannt ist z.b. penis. alternativ wird uns remis angeboten, aber das meinen wir nicht. also selber tippen. also sind wir einander zu anstrengend. bzw. mindestens einer von uns. die andere prüft den freundeskreis auf die ertragbarkeit von krisen. der freundeskreis vermisst unseren kleinen sonnenschein, zeigt sich betroffen, weiß nichts zu sagen, trinkt aber wenigstens mit. heimlich unterm tisch wird fleißig in den äther gesimst.

als würde man sich einen nervenzerfetzenden film ansehen, in dem eine hysterische alte alles und alles und alles gibt. das publikum leidet und brüllt: merkt sie denn nicht, dass es nichts mehr zu holen gibt? wie viel körbe will sie noch bekommen? sie soll aufhören sich lächerlich zu machen. mein vater würde sogar aus dem wohnzimmer, weg vom fernseher laufen und aus dem flur rufen: peinlich! ich halte das nicht aus! niemand konnte sich so gut mitschämen wie er. das publikum weiß alles. die hauptperson weiß: wenn man jemanden nur stark genug liebt, muss er einen zurücklieben! er muss! ganz einfache faustregel übrigens, das ist physik.

teil 3. waage: mancher spielt mit dem gedanken, sich vom partner zu trennen. sind sie sicher, dass sie dies ans ziel ihrer erotischen wünsche bringt? ja, spatzi? bist du sicher? ich jedenfalls habe aufgegeben zu versuchen durch affären ein besserer mensch zu werden; statt für fremdgepiepse und fremdgehechel interessiere ich mich ausschließlich für das, was du tust, mein kleiner racker! trotzdem. weißt du noch wie beschämt wir nach unserem ersten streit nebeneinander aufwachten? deine kernthese war: all deine freunde sind hässlich und doof! geben wir die schuld dem faschistoiden bullenschweine system, daß eine welle der dumpfheit auch uns von zeit zu zeit den out of bed look ruiniert, aber tatsächlich ist das die frage, die mich am meisten beschäftigt: warum sind so kluge menschen wie wir genauso dumm wie alle anderen?

wegen verve und so, danke noch mal. niemand war so traurig wie ich und das lag nicht an der cd, die wir dazu gehört gehaben. und wie wir im taxi über den alex fahren und ich dich frage, ob du kinder willst und du willst keine.

das erste mal trennten wir uns, als wir schon lange nicht mehr zusammen waren, am tag der deutschen einheit.

my heart beats. der schlag textet durch. er im regen mit zu hellen schuhen. ganz schön schlechtes wetter für eine niederlage. wir können zumindest feiern, dass sich das als ein leben verkaufen lässt für die mit den keksen auf ihren über und über schäumenden milchkaffees.

er ist jetzt vielleicht in einer harten, süddeutschen stadt und verabschiedet sich früher, um seiner alten noch a weng die sender einzustellen. oder jemand anders am tisch.

it's a lovesong, it's a lovesong, it's a lovesong, baby.

und erhalte dir die farben deines himmels, weiß und blau.

ganz wichtig: auf dem sterbebett fotos verteilen, von sich selbst in günstigen positionen, schokoladenseite oder überraschend: unerwartet obszön. z.b. er in der u-bahn, du dreckiges schwein. zu leise. er ist so leise. und er fährt in richtung dings, das haben wir nicht verstanden, wir haben nicht gefragt und er hat nichts gesagt. die mitreisenden sind auch welche. die waren vielleicht schon immer da, oder sind erst eingestiegen, als er schon saß. sind sie jetzt zusammen? da geht doch was zwischen ihren sitzen. sofort telefonnummern austauschen, oder gleich ab nach hause und es tun ohne schutz und ohne verantwortung und oder ohne reue. ihr könnt doch alle machen, was ihr wollt. wir kennen es nicht anders von ihm, der nuckelt ja heute noch.

trotz alledem kennen wir seinen pulli ganz gut und wissen, dass der nach ihm riecht. das war unsere entscheidung. nicht das mit dem pulli, aber das mit dem kennen und mit dem lernen und dann waren wir die hauptpersonen: räumt die bälle weg!, ich leg jetzt auf.

räumt die bälle weg!, ich leg jetzt auf, das gespräch ist beendet! nur, er ist so leise, so leise, dass man gar nichts hört, dass man GAR nichts hört.

es ist alles nicht so wichtig hier und wir bestellen uns täglich pizza, immer andere sorten, und lassen uns gegenseitig probieren und wenn es abend wird, legen wir uns auf die schultern der anderen, kraulen uns die haarwurzeln und schlafen so sanft ein. es ist alles nicht so wichtig hier.

nun zur vorgeschichte: wer kennt sich schon? es war einmal ein haufen von menschen, die vielleicht sogar zusammen da waren. zwei davon mit anfassen.

am ende hört man nur das rauschen der u-bahn. schschsch…

das letzte was ich von frank sah war, wie er in meiner wohnung die mitgebrachten ausgetrunkenen bierdosen wieder einpackte und ging.

Sünje Lewejohann
Schnauze von Himmel

Die Stadt ist um Mitternacht blind. Die Häuser sind blind, die Straßen sind blind und blind ist der Hafen. An den Planken gluckert das Wasser.

Die Innenseite ihres Schädels ist, wie der Helfer sagt, nichts weiter als ein Knacken. Zuerst wie Glas, das zerspringt. Sobald es lauter wird: ein Schrillen hinter der Stirn. Ein Gebrüll. Aber Heda hat in ihrem Kopf nie etwas gehört. Sie sagt, jedes Geräusch läge außerhalb ihres Schädels. Sie sagt, dass unter ihrer Stirn nur ein großes seufzendes Tier sei. Und das Knacken sei schließlich etwas, das nur der Helfer höre. Und der Helfer sei jemand, der immer Schlaf in den Augen habe. Der Helfer sei der seltsame Vater ihres Kindes.

Der Himmel hat lauter Wolkenflecke. Man kann den Helfer sehen. Seine Beine spiegeln sich im Wasser. Die Zunge schiebt sich zwischen seinen Lippen vor und zurück. Er ist ein langer Mann mit schmalen Händen und einem krummen Hals. Einer, der was zu Essen an die Muldenlöcher am Hafen bringt und mit den hübscheren Mädchen schläft. »Grabenlandviertel«, sagt der Helfer, wenn er sie aus ihren Löchern kriechen sieht. »Das ist nur der Hunger«, antwortet ihm Heda. Der Hafen glänzt schwarz.

Hedas Kind hat die Farbe einer Pflaume. Ein lehmiges Gesicht, das Heda mit dem Ärmel ihres Parkas abwischt, als wäre er eine große graue Zunge. Der Helfer denkt: »Zum Glück, das ist nicht meins. Dieses torfige, schlammtriefende Kind ist nicht meins.« Er spürt dabei den Puls in seinem Daumen schlagen. Hedas Augen glühen im Halbdunkeln und ihre Haut schimmert weiß. Mit blauen Adern auf der Brust und um die Warzen herum. Er verschiebt den Sand auf dem Boden mit dem Fuß. Das Kind trinkt.

»Was wird das? Ein Garten?«, fragt Heda. Und er zuckt mit den Schultern. Er hat Brot dabei. Und Fleisch in einer Schaumstoffschachtel. »Wo hast du die denn her?«, fragt Heda.

Der Hafen ist ein Rinnstein. Der Hafen ist das Ende der Stadt. Ein paar alte Schiffe noch. Weiter draußen der Jachthafen. Aber hier ist rottendes Holz, braun, das sich grün färbt und an den Kanten ausfranst. Es riecht nach Fisch und nach Tang. Jedes einzelne Brett riecht nach Tang. Auch die Bretter am Bootsschuppen. Wenn Hochwasser ist, steht alles bis hoch an den Damm unter Wasser. Dann bleibt der Tang auch ganz hinten hängen. Man kann an der Rückseite des Schuppens graben. Man gräbt in dem weichen Sand. Das geht mit den Händen. Man gräbt sich unter der Bretterwand durch und ist drinnen. Wenn kein Hochwasser ist, kann man dort schlafen und wohnen. So ist der Hafen; weiches Holz. Es bricht unter den Fingern, zerbröselt und ist feucht. Der Boden des Schuppens ist sandig. Im Inneren ist es dunkel. Kärgliches Licht fällt durch die Ritzen zwischen den Brettern. Heda hängt eine Lampe an ein abstehendes Brett. Man sollte annehmen, dass da am Ende des Schuppens, zum Hafen hin, da wo das Licht noch hinfällt, ein solider Boden ist. In Wahrheit aber gibt es da keinen Boden, da ist nur das Wasser. Da schwanken alte Boote an ihren Stegen. Im Dunklen sieht man es fast nicht. Aber man kann es hören, wenn sich das Wasser bewegt. Hedas Kind schläft in einem der Boote. Das Boot wiegt das Kind. Heda sieht das Kind an. Sie spürt das Wasser in den Schuhen glucksen.

Heda ist eine Hure, sagt die Gosse. Heda ist eine Hurenhure, eine, die sich ein Kind hat machen lassen für Geld. Heda hat eine böse Zunge und es kümmert sie nicht, ob etwas wehtut oder nicht. Diese scharfe Stimme. Die wird in ihrer eigenen Scheiße enden. Für Geld. Sei nicht traurig, Rehauge, sagt die Gosse. Alles nur Geschichten. *Kiss me*, steht auf Hedas T-Shirt. Rot auf schmutzigem Weiß.

»Sie ist noch schön«, sagt der Helfer. »Aber das Knacken in ihrem Schädel kann man bis hier draußen hören.« Eis, das dünner wird. Nichts Menschliches. Und wenn sie den Mund aufmacht, dahinter kann alles sein. Alles Erdenkliche. Immer am Rande von etwas. Und dann diese Gier. Man will sie nicht im Rücken haben.

Aber alles an ihr ist schwarz. Die Haare, die Augen, die Augenbrauen. Die. Schön. Schön so. Heda hat eine Staubschicht auf der Haut. Sie hat Erde unter den Nägeln. Das haben alle. Das war schon immer so.

Der Helfer steht am Damm. Das Knie angewinkelt. Einen Fuß oben, den anderen unten. »Auf diesen Decken willst du wohnen? Mit dem Kind? Das sind Pferdedecken.« »Und?«, fragt Heda.
Heda sitzt unter den Hagebuttenbüschen. Am Damm. Blick auf das blauschlammige Wasser. Sie fegt die Erde mit ihren Sohlen; die Dornen weg. Sie trägt das Kind am Bauch. Unter dem Parka. Das Kind hat ein rot geflecktes Gesicht. Es steckt seine kleine Zunge zwischen den Lippen hervor, wenn man mit ihm spricht. Sie könnte das Kind auch im Hosenbein verstecken. Sie muss aufpassen, dass es niemand sieht. Kaum passt man nicht auf, nehmen sie es schon mit. Hedas Gesicht ist weich. Die Decken hat sie von drüben, aus der Halle. »Da liegen noch viel mehr«, sagt sie. »Du bist fertig«, sagt der Helfer. Er nimmt den Fuß nach unten. Heda hört es kaum mehr. Nicht im Ohr. Das Kind schreit unter dem Parka. »Es gibt auch welche, die ihre Kinder aussetzen«, sagt Heda.
Der Helfer ist nicht hässlich und nicht schön. Er ist jemand, von dem man denken konnte, dass er überflüssig ist. Seine Lippen hängen. Seine Kehle versucht vergeblich zu schlucken.
»Es stinkt hier.«
Es riecht nach Kot. Nach Honig und Kot. Man kann es auf der Zunge schmecken. Der Helfer stolpert über die Wurzeln. Heda grinst. Sie sagt: »Lass mich bei dir wohnen.« Er sagt: »Spinnst du?« Das Licht wird schwächer. Das Kind piepst an Hedas Bauch.
»Gib mir dein Messer, ich will mir die Haare schneiden. Dann bin ich bald so schön, dass mich auf der Straße jemand anspricht. Dann werde ich berühmt und reich.«
»Und was machst du dann? Eine Villa mit Salon aus deinem Schuppen?«
»Nein«, sagt sie, »das soll so ein Bethaus werden. Weißt schon: Wände weiß, ein paar Bänke rein und da, wo das Wasser ist, unter den Booten, vorne, da kommt die Taufschale hin, dann kann man das Kind taufen. Und die Hunde und dich auch. Dann kriegst du auch mal einen Namen.«

»Da brauchst du aber einen Paten für. Wer will schon Pate für einen Hund sein?«

Er öffnet und schließt seine Hand. In seiner Hand sitzt ein Insekt. Direkt über dem Daumenhügel. Heda hat auch eine Tätowierung. Nadeln und Tinte, mehr braucht man nicht. Am Knöchel, eine Kette mit vielen Gliedern, einmal um das Fußgelenk herum.

Mit dem Messer, das der Helfer ihr gibt, schneidet sie sich die Haare. Sie reichen jetzt nur noch bis an den Hals. Um ihre Schultern herum liegt ein schwarzer Stern aus Haaren. Sie zündet sich eine von seinen Zigaretten an. Sie sieht ihn an. Es beginnt in seiner Kehle. Das Lachen. Es poltert aus seinem Hals. Der Helfer sieht sie an und muss sich gegen die morsche Wand lehnen, um nicht umzufallen, so sehr lacht er. Dann lacht Heda auch. Nichts von außer Gefecht oder verloren, nichts von besiegt. Heda schüttelt den Kopf und lacht. Sie verschluckt sich am Rauch, lacht weiter, hustet. Er klopft ihr auf den Rücken. Und sie lacht weiter. Das Holz knarrt.

»Ist das mein Kind?«, fragt der Helfer.

»Ja. Nein. Eins von beiden. Irgendwas. Such es dir aus.«

Er geht. Lacht dabei. Noch immer.

Unter ihrem T-Shirt wird es nass. Die Milch dringt durch den Stoff und bildet Flecken in der Form von Fuchsienblüten, die bald darauf auslaufen. Heda kann die Milch an ihrem Bauch fühlen, erst ist sie warm, dann kalt. Die Milch ist nicht weiß, sie ist eher grau.

Heda weiß, dass alles Nichts ist. Überall und nirgends sein. Aber nicht in diesem Nichts. Sie spuckt gelb aus und dabei ist es ihr egal, ob sie jemand sieht, ob sie die Straßenseite wechseln, während Heda auf ein Schild einschlägt. »Scheißkerl«, sagt Heda. Ihre Augen sind milchig. Kleine dunkle Sicheln auf ihrer Haut, auf ihren Wangen. So wie Hufabdrücke. Hedas Gesicht ist jung. Ist vielleicht bei siebzehn stehen geblieben. Innerlich. Später, wenn sie tot ist, eine Leiche, die man aus dem Hafenbecken fischt oder (besser noch) aus einem Moor, dann könnten sie ihr Muschelketten um den Schädel wickeln und einen Speer in die Hand legen und ein paar Münzen auf die Lider legen. Und sie hätte gerne eine Schüssel mit Schalentierchen mit ins Grab gelegt. Oder ins Moor geschmissen, das wäre egal. Das Grab würde ja sowieso niemand bezahlen. Dann würde sie altern.

Es gibt welche, die gehen schwankend durch die Stadt. Mit dem Hafen an den Lippen, fremd, unergründbar sein. Eines Hauches nämlich. Eines Atemzuges nämlich. Das wäre alles. Unsichtbar und ausnehmend nämlich.

Es ist lau und dunkel. Heda kriecht durch die Mulde in den Schuppen, das Kind schlenkert mit den Armen. Sie schlafen. Der Geschmack von gebratenem Fleisch im Mund.

Die Sommer hier sind kurz. Der Himmel ist blau, leer und ein bisschen glatt. Seewind wie immer. Wirklich warm ist es nie. Die Luft ist feucht und sie riecht nach brackigem Salzwasser. Der Herbst ist immer schon zu fühlen. Der Wind wirbelt Vögel durch die Luft. Federn fallen herunter. Wenn die niedrige Sonne auf das Wasser im Hafen fällt, glaubt man, dass man darüber hinweg laufen könnte. Möwenfedern sind unordentlich und zerzaust, ein bisschen gelb.

Das Kind strampelt im Gras der Böschung. Nackt, die Arme und Beine in die Luft gestreckt. Hand aufs Herz, Kindchen. Hand aufs Herz. Ein grüner Käfer kriecht über das Gesicht des Kindes. Mit den Füßen berührt er die Mundwinkel und das Kind zuckt überrascht. Heda liest ihn vorsichtig von der Haut des Kindes. Sie hält den Käfer zwischen Daumen und Zeigefinger, sieht in seine Augen, sieht den Mund an, und wirft ihn dann auf den Boden. Sie zertritt ihn und dabei sind ihre Füße ganz gierig. Am Rande des Hafens steht der Helfer. Er stiert rüber, seine Haare vibrieren in der Luft, hinter ihm das Knallen der Möwenflügel. »Wo willst du hin?«, fragt Heda. Aber er antwortet nicht.

Sie zieht ihn durch das Gebüsch. Alles ist Schmuck. Die Schienen sind Schmuck, der Himmel ist Schmuck. Der Helfer: Schmuck. Das Kind ist Schmuck. Und die Milch ist Schmuck. Er wehrt sich. Er sagt: »Ich nehme das Kind mit.« Sie schlägt ihm ins Gesicht, das sich nur einmal kurz verzieht.

»Trink was!«, sagt er.

Das Seufzen eines Tieres im Halbdunkel des Schädels. Wie wird das Tier still? Auf die Schläfen schlagen. Den Kopf in das Wasser stecken. Zählen. Bei 35 aufhören. Oder einen Käfer in den Mund schieben. Seine wilden Beinchen, die auf der Zunge krabbeln. Ihn dann ausspucken im hohen Bogen, sehen wie er auf den Boden fällt und der Speichel, der da an ihm glänzt, eine silbrige Schnur. Oder die Falter. Auf die Falteraugen schlagen, mit den Planken auf die Falteraugen, wenn die mit ihren Augen kommen, nachts. Dann hilft nichts, dann muss man draufschlagen.

Das Kind schreit. Das Schreien schallt aus dem Schuppen hinaus. Heda weiß nicht, ob da jemand ist, da draußen. Sie tunkt den Lakenzipfel in den Schnaps vom Helfer, bis er vollgesogen ist und tropft, und steckt ihn dem Kind in den Mund. Das Kind nuckelt, und als es schläft, saugt sie selber zunächst am Tuch dann saugt sie die Flasche leer, langsam, mit aufgerissenen Augen. Das Schlucken tut im Hals weh, ein Stückchen die Brust hinunter, eine starre Speiseröhre, schwarz und glänzend wird sie sein.

Die Lampe brennt noch, als der Helfer sie weckt. Er rüttelt an ihren Schultern. Als sie die Augen öffnet, ist sein Gesicht nahe an ihrem. Seine Oberlippe glänzt, er fährt sich mit der Zunge darüber. Seine Oberlippe steht aus seinem Gesicht heraus. Heda nimmt sein Gesicht zwischen die Hände und küsst es. Es zieht zwischen ihren Beinen.

Seine Hüften stoßen. Sein Atem keucht, seine Stimme pfeift. Heda sieht den Sand an. In diesem Licht scheint er aus Bergen zu bestehen. Auf der anderen Seite: eine Mücke mit sieben Beinen auf seiner Schulter. Sie wirft einen langen Schatten. Der läuft seinen Rücken hinunter. Er fasst um ihre Brüste. Die Milch läuft zwischen seinen Fingern nach unten. An den Seiten hinab bis an Hedas Achselhöhlen, wo sie kleine schmutzige Pfützen auf dem Boden bilden. Heda sagt: »Hör auf.« Er sagt: »Gleich.« Sie sagt wieder: »Hör auf.« Er ist überrascht. Seine Lippen küssen in die Luft. Seine Hose liegt neben ihm auf der Erde. Er hat auch seine Schuhe ausgezogen und sie nebeneinander gestellt. Er kniet jetzt. Er ist nackt. Heda ist auch nackt, aus ihren Brüsten rinnt die Milch über ihren Bauch. Sie will ihn nicht küssen. Im Schuppen ist es fast dunkel und still. Der Helfer geht. Er lässt ihr eine Schachtel Zigaretten da. »Ist das alles?«, fragt Heda und er zieht die Luft ein. Die Schachtel ist halb voll. Heda raucht. Sie kann im Licht der Glut sehen, dass seine Knie kleine Kuhlen in den Sand gebohrt haben.

Der Himmel zieht Fratzen. Er hat einen aufgerissenen Hals. Heda lauscht ins bedeckte Oben. »Gott, was für eine Schnauze von Himmel. So eine Riesenschnauze, so ein Riesending«, sagt sie dem Kind. Der Schmutz in den feinen Rillen der Kinderhaut ist zwei Wochen alt. Das Kind hat schwarze Wimpern. Eine Kröte bewegt sich schwerfällig durch das Gebüsch. Wie im Märchen, denkt Heda und lacht fast. Aber dann fällt ihr ein, dass es ein Frosch sein muss. Aber Frösche gibt es hier keine. Die Kröte hat goldene welke Haut, die schimmert, wenn sie sich bewegt. Sie sagt: »Ich liebe dich.« Sie denkt jedenfalls, dass sie es sagt. »Hast du es eilig? Nein? Ja?« Sie riecht ihre eigenen Haare. Waschbegehren. Das Hafenwasser ist nichts.

»Du hast den Tag verschlafen.« Der Helfer schaut durch die Lücke zwischen den Planken. Er beugt sein Gesicht zu ihr. »Bist du noch da?« Fuchsäugig grinst er sie an. Sein linkes Auge ist wie Regen, das rechte eher wie Eis, gräulich, fast weiß. Seine Wangen sind eingefallen. Seine Augen sind warm und nicht ängstlich. Ein Holzsplitter sticht in seinen Kopf hinein, über dem Ohr, dort wo seine Haare etwas abstehen und dünner werden. Er hat ein freundliches Gesicht. Es regnet. Der Boden ist feucht.

»Das Kind ist krank. Ich nehme es mit. Gib es mir.«
　Heda riecht nach Pferdedecken. Sie sieht den Mund sich bewegen. Sie ist müde, schläfrig. Sie sollte eigentlich wach sein.
　»Wohin bringst du es? Du kommst doch wieder?«
　»Ja, ich komme wieder.«
　Heda kann sehen, dass die Decke verrutscht ist. Die Beinchen des Kindes zappeln in der Luft. Sie versucht ihm mit dem Mund zu sagen, er soll näher kommen.

Es ist gut, dass die Stadt blind ist. Sie hat nichts gesehen. Es ist nichts. Einen Käfer leer lutschen. Die wilden Beinchen krabbeln. Das ist nicht wichtig. Jetzt ist es klar. Durch all die wichtigen Dinge: Zum Beispiel wie sich die zerriebenen Hagebutten auf der Handfläche anfühlen. Die Farbe des nassen Holzes. Und das Knacken, wie der Helfer sagte. Nein, es ist kein Knacken. Es sind Knackse. Keine offenen Spalten, keine Lücken, sondern haarfeine Risse. Das sind Schwachstellen. Mehr nicht. Hinter denen kann alles sein. Brüchig geworden. Es ist nur ein kleiner Übergang. Das ist egal. Und was so seltsam ist: Der Schlaf ist eigentlich schwarz und leer, wenn man die Augen schließt.

Jörg Metelmann
Friedfische
Gedichte

Alltag

Durch das Fenster geschaut
Was habe ich gesehen?
Ein Friedhofspark, ein Kriegseinschuss
Ein grüner Baum im Wind

In den Kühlschrank geguckt
Was habe ich gesehen?
Ein Milchprodukt, ein Folienfleisch
Eine Karaffe voll mit Zitrussaft

Auf die Mattscheibe geglotzt
Was habe ich gesehen?
Ein Fußballgott, ein Terrorstar
Ein Nacktprogramm

In meine Abgründe geblickt
Was habe ich gesehen?
Ein Dialer, ein Krebsgeschwür
Ein Kindseinwunsch

Gut.

Damit lässt sich arbeiten

Deutsch für Späteinsiedler

Wenn sie sagen:

Die Solidargemeinschaft
    Die Konsensgesellschaft
        Die Allianz der Willigen

Die Bruderstaaten
    Das Familienticket
        Freundeskreis

Das Chefinnenkartell
    Der Andenpakt
        Die Generation Golf

Die Bonzenclique
    Die Toskana-Fraktion
        Der Club der Visionäre
            Die Europäische Union
                Die Mafia der Guten

Dann verstopf dir die Ohren
    Es ist unbrauchbar
    Hier draußen
    In der Hütte eines Traums
    Einzigartig werden
    Wie jeder ist

    Bis dieser Plan globalisiert wird
    Lässt sich mancher
    Ruhige Moment auf ein Papier
    Schmiegen, mit dem Wasserzeichen
    Nüchterner Tränen deiner
    Splendid isolation

Absolut déjà-vu

Kaum war ich von den Zigaretten runter,
tappte ich in die nächste Falle: die Lesegruppe.
Die Lesegruppe war eigentlich Sophia,
hatte langes, schwarzes Haar, einen strengen
Gesichtsausdruck, aber ein umwerfendes Lächeln,
kam aus Klagenfurt und war professionelle
                     Globalisierungskritikerin.

Wir wohnten zusammen in einer großen WG,
hielten uns durch täglichen Sex glänzend in Form,
hielten es sogar für Liebe,
und ich palaverte, wenn Palaver gefragt war,
ging mit auf Demos, wenn Demonstrieren gefragt war,
und frühstückte im Einklang mit der allgemeinen Ich-Inszenierung
mit einer Flasche Aldi-Schampus und einem guten Gefühl
                                      im Bett.

Das ist das Glück, dachte ich.
Das ist das Glück, sagte ich zu Sophia, warum lassen wir
die Kritik nicht sausen, das sinnlose Palaver und die Demos
und die endlosen Diskussionen über die Sweat-Shops in
                             Billiglohnländern?
Wir suchen uns irgendeinen stillen Flecken Land, wo ich in Ruhe
ein paar Bier trinken und mal nen Aufsatz schreiben kann,
e per tutto il resto: amore, amore, amore!

Und die Globalisierung?, schrie Sophia.
Und die Verhofteten im Knost?
A geh, dei Piefke-Glück: Bier und dei bleede Theorie, während
                         die Wölt z'sambricht! Paah!!

Von da an ging alles schief.
Als ich im Rausch mal ner andern auf die Brüste schaute,
ging Sophia mit ner Flasche Racke Rauchzart auf mich los.
Dann mischte sie in einer anderen Lesegruppe mit,
und ich musste nehmen was kam,

meistens nur Bier und manchmal irgendeine Studentin in der
                    primärpolitischen WIDERSTAND!-Phase,
aber bald auch das nicht mehr,
und dann schmissen sie mich aus der WG und ich zog
                    woanders hin.

Das alles ist einige Jahre her, aber neulich traf ich hier ums Eck,
wie sich ja alle in Berlin früher oder später mal treffen,
Eine Bekannte von damals, die noch in den Kreisen verkehrt, und
                    fragte sie nach Sophia.
Sophia, sagte die Bekannte, die lebt jetzt in Frankfurt.
Na, sitzt sie bei ATTAC im Vorstand, fragte ich.
I wo, sagte die Bekannte,
die hat irgend so nen FAZ-Redakteur geheiratet.

An dem Abend trank ich alles durcheinander,
trank wie lebensmüde.
Aber als ich vor einer Woche durch Zufall
noch mal an dem Haus mit der WG vorbeikam,
da ist inzwischen die Baulücke rechts davon mit so einem
vielglasigen Schick-Wohnen-Bau gefüllt,
aber das Haus selbst *absolut déjà-vu*,
dachte ich: Nicht nur das ist Kopie, und:
Na ja, vielleicht hast de ja doch Glück jehabt.

Was ist aus Dirk von Petersdorff geworden?

Fragt sich beim Griff ins Bücherregal
Kein ehemaliger Kleist-Preisträger
Auch kein Schelm unter den Postmodernen
Und schlägt die Collection auf:

WOHIN FLIEGEN DIE KRÄHEN;
WELCHEM DISKURS GEHÖRE ICH EIGENTLICH AN?
ICH BIN EIN AUFWÄRMER.
ICH HABE NIEMALS SELBST GEKOCHT.

Von solchen Zeilen kann man zwei
Sammlungen lang leben, offensichtlich, immerhin
Dann zieht die Karawane weiter
Öffnet wer einen anderen Katalog:

EIN ABGESANG, UNGEPUDERT
AUF EPILOGE, ABGESÄNGE
AM UNTEREN RAND
EIN TROSTREICHES PAAR

Der große Saal liegt festlich da
Kulturblasen blubbern, wichtige
Worte fallen gleich Pfeilen: der Gegenstand
Rechtfertigt alles, auch das Preisgeld

Als ich die Summe vernehme
Bricht der Neid aus mir wie Alkmenes Ach!
Und ich erinnere mich deutlich
Den Dichter gar nicht gesehen zu haben

Der jetzt vielleicht ein trostreicher Mann
Einer trostreichen Frau in trostarmer Zeit
Täglich eine Kopie des Publizierten am
Unteren Rand des Rechners klebend durchstreicht

Aria Consumata

Über wie vieles
Habe ich geschwiegen
Dir gegenüber
Obwohl ich es nur
Durch dich gedacht habe

Aber als man es hätte
Sagen müssen war
Der Moment nicht dafür da
Und ich hätte es doch nur
Für dich gesprochen

Zu viel musste ich
Protokollieren
Und sollte es brauchen
Und kann es nicht
Halten

›Wir erinnern, heute:‹

In einem Alltag geschaffen für Affen
die sich von Selbstverwirklichung zu Ich-AG hangeln
Verwalter im Gewerkschaftszoo, der haarige Laden
Bananen in Sternchenshows lutschend
Wer sollte deine Zeilen lesen wollen?

Ein Leben, aufgeboten für Idioten
Ein BILD, ein Lottoschein, ein lustig Lied
Nicht jeder ein Nazi, sondern ein Star
Möchtest du noch immer das Land entbarbarisieren
in Freiwilligentrupps, die das Kabel durchtrennen?

Welten, inszenierte, für Gehirnamputierte
und Kastrierte der Sinne
Wo ist deine Stimme der Sehnsucht, der
Verweigerung des Glücks im größten Verlangen
nach ihm, das du schufst, mit jedem traurigen Satz?

Auf einem Klo mit Edding, schwarz
in den Gestank geschrieben der Uni-Urinale:
›Pornadorn‹ und: ›Wiesengrund Wiesengrund
fickt immer bis zum Muttermund‹

Soll es trösten, dass es nicht
auf deiner Alma Mater Kacheln steht?
Die Negation, die du wolltest, deiner nun

Was lehrt das Vergessen –
oder besser einfach, dass hier alles so beschissen ist
die Kacke nicht so betäubt, im Koma?

Unmöglichkeit der Möglichkeit
einen Raum zu denken
Wirklich ist allein der Schein

Im Dampfbad der Wellness-Industrie
schwitzen sie das Unbedingte aus
und lachen stumm über deinen Kummer

Du glaubst das nicht? (Wo immer du auch bist)

Dann nimm dies:
›Lieber dreimal Eschede als einmal Adorno‹
sagt eine Kollegin vom Fernsehen

Dreimal lieber das Leid begaffen
als einmal es zu lindern suchen.

Sonnenstrand

»Wir machen Heiner-Müller-Urlaub«
hattest du gesagt, und bevor ich
verstand, stand ich schon auf einem
264-Euro-Eine-Woche-All-Inclusive-
Hotelzimmerbalkon und schaute
aufs Schwarze Meer.

»Ist es nicht herrlich?«
riefst du und da ich dich
ungefähr so lange kannte
wie dieses Meer, versenkte
ich die Zweifel und tauchte
nicht bis zum Grund.

»Nur hier war er glücklich«
flüstertest du über den Tisch
mit anderen Pauschaltouristen,
war der Heiner jemals glücklich
gewesen? doch schien Bulgarien
wirklich eine gute Idee, um einen Engel
an meine Tafel zu bekommen.

»Jetzt fliegt er wieder«
war das Letzte, was ich von dir
am Airport hörte, denn als ich
mich umdrehte – der Glaube, du
meintest unseren Charterjet
hatte mich erstarren lassen – lag

auf der Gitterbank neben mir nur
eine Postkarte mit einer Nummer
die nicht stimmte.

Vereidigung der Falken

Was willst du vom Kampfhahn?
Dass er seine Schnepfe bügelt und die Brut bekämpft?
Und der Pitbull? Soll er sich selbst
an die Weichteile gehen?

Wird die Katze die Maus nicht fangen,
Das klägliche Jammern die Sinfonie der Schöpfung,
Weil du im Sonnenstuhl null Bock
Auf Aggression hast?

Darf der Hai keine Kinder mehr fressen,
An der Küste im Ozonblau,
Das strahlt so schön touristisch,
Weil der Film oft genug wiederholt wurde?

    Okay, okay, das haben wir jetzt gelernt,
    Dass Wölfe die besseren Menschen sind,
    Weil sie in Rudeln gehen,
    Auch Seilschaften oder Pussy genannt.

    Dass Wolfowitz nicht umsonst so heißt,
    Diktatoren die Massen vernichten.
    Jedes Bild ein Projektil
    Und der Krieg noch immer ein gutes Geschäft.

    Dass Kulturen kämpfen,
    Zivilisationen attackiert werden
    Und die meisten einfach verrecken,
    Weil sich niemand mehr interessiert.

    Auch haben wir verstanden:
    Das Event ist Opium für das Volk,
    Wir schreiten dem Koma hinterher,
    Dem täglichen Trost, es ist woanders.

Doch haben wir einen Traum

Gezeugt im faulen Bette des Innehaltens
Auf dem schwachen Grün des Frühmilleniums
Über uns kreisend die Greifer

Die Vision der Tierwärter
Ein Weltenzoo für alle Arten
Die sich einander an den Käfig pinkeln
UN-Inspekteure messen den Giftwert

Das Böse weilt nicht mehr unter uns
Seit es zu fliegen gelernt hat.
Wir schielen an der Flagge vorbei
Und gehen zum Notarstermin

Jacks Begräbnis

Lustig
Dass alles verschwindet
Den Bach runtergeht
Wie Regen in die Seen
Um unsere Hauptstadt

Widerstandslos

Stephanie Mock
So ischt es.

Montag

Wisset Sie, i bin heut noch net hiesig. Geschtern Abend war bei uns des Drama. Des könnet Sie sich net vorstelle. Noi. Unglaublich. I bin geschtern hoim komme, und dann bin i erschtmal in des Zimmer von meiner Tochter. Die Jennifer, die lüftet nämlich nie. Und da in dem Zimmer, da war wirklich a schrecklicher Mief. Und dann hab i des Fenschter aufgrisse, weil, da muss man scho mal Luft neilasse. Und mei Tochter macht des net. Die vergisst des glatt. Und dann isch der Vogel, wisset Sie, mei Tochter, die hat an Wellesittich, der, ogottogottogott, der war net im Käfig, die lässt den immer fliege, frei, und der isch davon gfloge!!! I war ganz fertig. Wisset Sie, mei Tochter hat do und gmacht und gschriee und tobt. Der war ja au so zahm und hat alles doe, was sie ihm zeigt hat. Und dann musstet wir alle uff Wellesittichsuche gange, und wir habet grufe und glockt und dann han i den Vogel tatsächlich uff oim Baum sitze sehe, aber der war leider zu hoch, und da saß er halt ganz uff der Spitze obe. Und der Baum isch alt und morsch, und des wär zu gfährlich gworde. Und dann musstet wir alle ohne Vogel ins Bett gange, und des war halt scho schlimm. Und i wollt dann au nix nehme, damit i schlofe kann, weil, i hab zu meim Mann gsagt, i nehm des Zeugs ja normal au net, und dann hat des doch bestimmt a supper Wirkung und dann kann i morge net arbeite gange, weil i net ausm Bett komm. Aber des Schlimmschte an der Gschichte war, dass i verantwortlich gwese bin, dass der Vogel fort war, und i mach mir solche Vorwürfe. I war doch schuld, stellet Sie sich des amol vor! Noi. Mei Tochter ruf i net an heut Mittag. Noi, noi, bloß des net. Die isch fertig gwese. Und wenn die mei Stimme hört, na wird sie ja gleich wieder an des Unglück erinnert, und des isch doch net recht. Wartet Sie mal, da klingelt des Telefon. Hoffentlich isch des net mei Tochter, na woiß i net, was i sage soll.

Ja? Ah, gut, du bischt es, i dacht scho, es wär vielleicht die Jennifer. Noi. Noi, Mutter. Was??? Der Vogel muss noch immer in der Näh sein?? Gut. Na hoffentlich nimmt des Drama heut Abend a Ende. I komm hoim. Ja, i komm. Ja. Aber woisch, geschtern abend im Bett, da habe wir uns au drüber unterhalte. Und na hat der Manfred halt gsagt, okay, dann gang i morgen mit der Jennifer a neues Vögele kaufe. Ja. Also, bis später. Ade.

Also, wirklich, Sie glaubets mir net. Mei Tochter hat so a Baum für den Vogel, so a Pflanze, wo sie selbscht a Häusle und so ebbes dranbaut hat, und den hat sie heut Nacht uffm Balkon stehe lasse, und na hat sie heut gsähe, dass der Vogel da drinne gsesse habe muss, heut Nacht. Warum? Ha, des isch doch klar! Der hat da – wenn i mal so sage derf – gfresse und gschisse.

Dienstag

Gute Morge! Sie glaubet es net!! Der Vogel isch wieder do. Mei Mann und mei Tochter habe ihn geschtern noch abgholt. Noi. Der isch abgebe worde. Ja. Bei der Tierärztin. Die war zwar scho im Bett, aber mei Mann hat da angrufe und gsagt, dass mei Tochter die ganze Nachbarschaft zusamme brüllt, wenn sie den Vogel net noch heut kriegt, und dann sind sie losgfahre, und die Ärztin, ja, die war scho grantig, aber sie hat des Vögele dann doch rausgebe. Was? Noi. Noi. Jetzt habe wir zwoi. Noi, wir habe eigentlich vier. Im Wohnzimmer stoht au a Käfig. Ja. Da habe wir zwoi. Und dann isch mei Mann geschtern los und hat oin neuen Vogel für die Jennifer kaufe und jetzt hat sie noch amol zwoi. Was soll man mache. So ischt es. Dann isch der oine Vogel halt in Zukunft net mehr allein. Des isch ja au net schlecht. Aber i han zu meim Mann gsagt: Hättsch du bloß noch oin Tag gwartet!! Naja, isch au egal, da muss sich jetzt mei Tochter drum kümmere. Die hat ja au vorher gschriee.

Wisset Sie, was? I han a Problem. I soll hier a Kärtle schreibe. Und dann soll i Geld zahle. Noi. Noi. Mei Kollegin hat angrufe. Ja. I soll halt für den Abschied von dem Kollege, drübe, wisset

Sie, der oine, für den soll i des mache. Die wollet dem was schenke, gucket Sie amol, da kam so a E-Mail, da soll man was spende. Also i woiß ja net. Was stoht do?? PALME IN TERRACOTTATOPF. Also i woiß ja net. Aber des isch mir au egal. Sollet die nur mache. Aber was soll i bloß schreibe? Mir fällt da absolut nix ein. Wisset Sie, so uff Anhieb … noi. Ja. Habe Sie koine Idee? Noi. Ja, des könnt, noi. Ha, i woiß net. Saget Sie noch mal. Noi. Des kann man ja au schlecht schreibe. Sieht des net blöd aus? … Also gut, na schreib i des. Aber jetzt woiß i ja no immer net, was i da an Geld gebe soll. Wisset Sie, wenn man da fünf Mark gibt, na glotzet die alle so, des will man ja net, dass die denke, man isch knausrig, aber wisset Sie, wenn i zehn Mark geb, des seh i dann au net ein, irgendwo. Ja, da habe Sie Recht. Des könnt i mache. I lauf gleich amol zu meiner Kollegin. I werd mit ihr zusamme 15 Mark gebe. Dann isch des a Kompromiss, oder wie habe Sie gsagt? Gar net so schlecht. Man muss sich bloß zu helfe wisse!! Ach noi, jetzt klingelt scho wieder des Telefon. I woiß net, jetzt reicht's mir langsam. Noi, noi, i gang scho dran!

Mutter? Was isch? Ogottogottogottogott … jetzt sag bloß net, der hat wieder kotzt!! Was? Uff de Küchefußbode???? Gott sei Dank ham wir da Fliesen und koin Teppich … Ha, woisch, der Vatter isch halt nemme der jüngschte … noi! Des sieht man ja scho! Woisch, des isch koi Blähbauch! Des isch eiwandfrei a Bierbauch!!! Ja, noi, des isch ja a Kataschtrophe. I sags ja. Immer kommt elles zusamme. I woiß mir jetzt au koin rat mehr. ha, er isch halt krank … Ja. Ja. Ja. So ischt es. So ischt es. Sag ja. Was hasch kocht?? Ja, dann tu mir was davon naufstelle. Weil, i hab bloß noch anderthalb Maultasche, des langt net. Noi, rote Rübe brauch i net. Woisch, die Jennifer, die mag die au net. Noi. I fass es net, hat der scho wieder kotzt!! Uff de Küchefußbode … noi. Ja, und wenn du wieder nunter kommsch, dann mach amol bei euch des Fenschter auf. Bei euch stinkts wie im Krankehaus! Immer wenn i bei eurer Tür vorbeilauf, na denk i: wie im Krankehaus!! Musch halt amol des Fenschter aufreiße … Woisch, der Vatter kommt halt au nemme an die frische Luft, da musch scho mal Sauerstoff neilasse … du verschtehsch mi scho … i moin bloß. Noi, morge muss i uff die Beerdigung. Des wird scho verlangt. Da müsset wir uns scho blicke lasse. Noi, der goht au früher vom Gschäft hoim. Ja, na holt er mi ab und na fahre wir da na. Achgottachgott ... na, mit dem Vatter, da muß man halt abwarte. Noi!!! Stell dir vor, ihr wäret gfahre!!! Des wär net auszumdenke gwese! Des wär net gut gange. Aber sicher net. Und des wär scho im September gwese! Stell dir des amol vor! Net auszumdenke. Vergiss net, des Esse hochzumstelle ... hoffentlich hält des Wetter noch, bis die Jennifer aus der Schul kommt, sonscht isch die wieder nass von obe bis unte ... woisch so holet die sich ebbes. Und na wird die au noch krank. Net auszumdenke. Ogottogottogottogott. Also, machs gut – o noi, i hör scho –, goht die kackerei scho wieder los!

Mittwoch

Isch der Herr Siebert noch da? Ach so, der isch scho im Urlaub. Kennet Sie den? Net so gut ... Aber habe Sie scho gmerkt? Vor dem müsset Sie sich in Acht nemme, der isch a bissele so ... ja ..., wie soll i sage, i woiß net, hen sie des net gmerkt? Also ICH PERSÖNLICH hab noch koine Probleme mit ihm ghabt, aber andere ... die saget ... ja, ja, genau!!! Wisset Sie, was mei Kollegin, mei frühere, immer gsagt hat? Des isch a Busengrabscher!!!

Ogottogottogott, des Telefon. Die lasset mi au net in Ruhe. Des isch zum Davonlaufe ...

Hallo? Ach, du bischt es. Wie gohts? Wie gohts dem Vatter? Hat die Spritze gholfe?? Na Gott sei Dank. Noi. Noi ... woisch, des war a bissel viel heut Nacht. Ja, ja. Er isch halt nemme der Jüngschte. Ja, ja. Kommt der Doktor noch mal? Ja. Okay. Woisch, er braucht halt jetzt a Ruh. Des isch ja klar. Noi!! Der muss trinke!!! Ja, lass ihn ruhig Cola trinke. Gell. Auch Cola pur. Des schadet amol nix. Aha. Aha. Aha. Genau. Ja. Genau. Er braucht halt a Ruh. Isch klar. Ha noi, des hasch in dem Fall vergesse könne. Noi ... heut Mittag muss i uff die Beerdigung. Ja. Noi, da müsset wir scho na. Ja, der holt mi ab, hier im Gschäft. Ja. Der kommt doch von Karlsruhe. Vom Seminar. Ja, woisch. Hoffentlich kommt er net in den Stau. Ogottogottogott. I will halt au net uff die Beerdigung hetze. Des macht man ja au net.

I ruf ihn gleich nochmal uffm Handy an, wo er jetzt isch. Hoffentlich hält des Wetter, des isch au immer so a Kataschtrophe, a Beerdigung mit Schirm und Zeug und Klump ... ja. Noi. Die Jennifer kommt ja net zum Esse. Die kommt später von der Schul hoim. Des han i dir doch gsagt. Des könnt scho so viertel halber zwei werde. Ja. Ja. Genau. So ischt es. So ischt es. Hoffet wir, dass des Wetter hebt. Ahhh, es ischt zum davonlaufe. Woisch, es ischt zum Scheiße, wenn du mi fragscht. Na, jetzt hat er erschtmal a Spritze. Den Rescht müsse wir eh abwarte. Noi. Ja. Haja, des isch mir scho klar, dass du fertig bisch. Des isch ganz verständlich. Du als Partner machst ja au was mit. Na kannsch du ja au net schlafe, wenn der nebe dir die ganze Nacht kotzt ... Noi. Des isch wirklich zum Davonlaufe. I könnt den Krempel hinwerfe. Ehrlich.

Donnerstag

Wisset Sie, i bin völlig fertig. Dieses Arbeiten von morgens bis abends schafft mich. Eigentlich arbeite i au bloß vormittags und des isch mir viel lieber. Der Tag zieht sich ab mittags unglaublich in die Länge. Was i bräucht, des isch Urlaub. Und der nächste Urlaub isch erscht wieder in a paar Wochen. Des isch noch viel zu lang bis dahin. Ogottogottogott, des isch elles a Drama. Die lasset einen au nie in Friede. Wartet Sie amol, des Telefon – ach, es ischt zum Davonlaufe. Noi, jetzt hat der scho aufgelegt. Au recht. Die sollet sich bloß zurückhalte. Noi, noi, i fahr immer nach Italien. Noi!!! Net alloi!!! Mit meim Mann und meiner Tochter. Des goht au ganz gut, aber mei Tochter, die langweilt sich immer. Mei Mann und i, wir wollen halt immer Kultur sehe, und mei Tochter, die interessiert sich dafür net. Überhaupt net. Naja, mei Mann eigentlich au net so. Aber wenn man halt scho mal do isch, na guckt man sich halt scho die wichtigschten Sachen an ... Normalerweise fahret wir immer mit dem Wohnmobil. Ja, des isch scho praktisch. Nur ein Mal, da waret wir in so einem Hotel – i sag Ihnen!! Des war unglaublich. Wir habe DIREKT uff de Vesuv gschaut. Des war a Sicht! ... Was? In Rom?? Ja, da ware wir au scho. Da sind wir halt erscht lange durch die Toskana gfahre, und mei Tochter, die hat die GANZE ZEIT einen Terz gmacht. Die wollt halt bade gange und sonscht nix. Was sollte wir da au mache. Da sind wir halt immer weiter gfahre. Aber da war nirgends a Strand!! Also sind wir wieder weiter, und irgendwann habe wir dann doch a Strand gfunde und da sind wir dann bliebe. Und dann han i gsagt, jetzt sind wir noch 90 Kilometer von Rom weg, des MUSS i jetzt sehe. Da kommet ihr net drumrum. Weil nach Rom, da wollt i scho immer amol. Da hat mei Mann gsagt: Okay, na gut. Dann fahret wir da halt mal vorbei. I woiß scho, des isch scho blöd gwese, des war halt im Auguscht und des war halt zu hoiß. I han immer so a Fläschle in meiner Handtasch ghabt, da han i immer Wasser aus dene Brünnele, die da überall sind, neigfüllt. Und dann wollte wir in den Vatikan. Des muss man ja scho gsehe habe. Des war au praktisch, weil, von dem Campingplatz, wo wir gwohnt habe, von dort isch so a Bus – des war im Preis inbegriffe!! – bis DIREKT vor den Vatikan gfahre, quasi vor die Mauer, und hat uns da vor den Museen rausglasse. Mei Tochter hat bloß noch geschriee. Die wollt da net nei. Und dann war da so a Schlange, des könnet Sie sich net vorstelle. Des war net zum Aushalte. Ogottogott, i sags Ihnen. Und dann habe wir uns oifach neidrängelt. Was? Noi, des isch klar. Die Leut habe scho gschimpft, aber des war uns dann au egal. Ja!! Uff der Kuppel war i au!!!! Des isch ja supper. Da hat man a Blick!! I konnts net fasse. Aber mei Tochter … am zwoite Tag isch sie am Campingplatz bliebe. Da gabs a Pool und so a Klump. Des war ihr selbschtverständlich lieber. Des isch klar. Da konnte wir nix ändere. Ja, ja, der Petersdom. Des war des Tollschte. I konnts net glaube. Da könnet Sie sich ja verlaufe!! Aber noi. Des erschte Mal kame wir gar net nei!! Ha noi, i mit meim Trägerhemdle und meim kurze Rock und mei Mann mit kurze Hosen … die habe uns net neiglasse! Da war nix zum mache. Mei Tochter hättet sie neiglasse! Des war a Frechheit. Die hat au bloß a Trägerhemmedle anghabt. Aber des hat die scheinbar net interessiert. Aber i wollt nei!! Na musstet wir am nächschten Tag noch amol hinfahre. Und des war so hoiß! I han noch nie so gschwitzt. Normalerweise sollt man da au net im Sommer nafahre. Des sollt man im Herbscht mache. Oder im Frühjahr. Aber wo wir doch da ware!! Am nächschten Tag waret wir dann schlauer. Da hab i halt so a lange Flatterhose anzoge und T-Shirtle mit Ärmele, die über die Schultern gange. I hatt ja keine Wahl. Mei Mann hats andersch gmacht, der hat sich a Jogginghos in den Rucksack packt und hat sie vorm Petersdom anzoge. Und nachher, wie wir wieder rausgekomme sind, da hat er wieder sein kurzes Hösle anzoge. So gings dann halt ... Was? Der Brunnen! Des isch ja des Größte gwese. Da sind mei Mann und i au a Weile uff dem Platz bliebe und habe da geglotzt. Und später uff der Spanischen Treppe au. Des isch ja a netter Ort, da sind so viele Menschen. I mag des ja ... aber Rom, noi, i muss scho sage, des isch – wie sagt man da: ROM SEHEN UND STERBEN. Da isch scho was dran, hab i zu meim Mann gsagt. Der hat mir dann au Recht gebe müsse. Des hat ihn scho au fasziniert. Dem kann man sich fascht net entziehe, saget Sie doch au mal. Ja. Ja. So ischt es. So ischt es. Unglaublich. Aber Italien isch sowieso so toll. Au die Steine, die da überall noch liege, grad in Rom, des isch scho a tolle Sache. Wisset Sie, wo i au scho war? In Pompeji. Ja, des glaubet Sie net. Da waret Sie noch net??? Des isch Wahnsinn. Das ischt ein MUSS. Des isch der absolute Irrsinn, des könnet Sie mir glaube. Aber da habe wir dann a Führung gmacht. Noi. Des goht gar net ohne. Da hat man ja keine Ahnung sonscht. I han scho a bissele vorher im Fremdeführer blättert, aber des isch ja net so toll. Und dann habe wir uns einer Führung angschlosse. Und die Führerin!! Die war so ...! Die war scho richtig fett. Die hat gschwitzt!!! Des könnet Sie sich net denke. Der isch der Schweiß bloß noch nunter glaufe. Die konnt net mehr. Aber die hat gsagt: I möcht da wohne, wo Sie herkomme, da ischt es net so unerträglich hoiß! Also, i mag ja die Hitze, aber bei der Frau hat mi des net gwundert. Die hat halt zuviel Fett ghabt. Und die war aber supper!! Die hat na elles erzählt, da konnt man sich des richtig vorstelle. Die habe damals scho a Klospülung ghabt!!! Könnet Sie sich des vorstelle?!? Oder sowas in der Art. Und uff dem Marktplatz habe sie die Fische im Brunnen gekühlt. So geht des. Und dann könnet Sie da au noch Leut anglotze, die damals umgekomme sind. Des ischt der Wahnsinn. Da sehet Sie noch die Fingerle und die Fingernägel. Des isch faszinierend, sag i Ihnen. Und oine Frau, die da noch zum Angucke war, die war schwanger!! Aber des war scho a toller Urlaub. Mei Tochter war dann au zufriede. Die isch dann immer in den Pool gange. Aber des war natürlich scho teuer. Der Bus war halt im Preis inbegriffe, aber des war trotzdem net preisgünschtig. Aber des kann man halt au net erwarte, wenn man so nah bei Rom isch. Also i muss da wieder na. Rom sehen und sterben, oder wie des hoißt, des kann i nur bestätige.

Freitag

Ach, heute isch es scho wieder so hoiß. Kennet Sie Gargano? Da waret wir au mal. Des war au toll. I muss scho sage, i bin a rechter Italien-Fan. Ja, ja. Noi. Noi. Italiensch kann i net. Manchmal denk i, des wär scho toll, wenn i a bissel die Sprach kenne tät, aber man kommt ja au so zurecht. I han ja au gar koi Zeit, des zu lerne. Die Arbeit schafft mi völlig. Sie sehet ja, wie's hier zugeht. Es ischt zum Davonrenne. Und es kommt immer elles uff oi Mal. Aber da wars hoiß!! I gang ja scho gern in die Sonne, aber des isch uff die Dauer ja net gsund, des woiß man ja. I bin da scho vernünftiger gworde. Mei Jennifer han i immer bloß mit T-Shirtle ins Wasser glasse. Des isch vorsichtiger. Und i leg mi immer bloß kurz direkt in die Sonne, weil, des isch viel schlimmer als früher. Jetzt spürt man des ja au, saget Sie doch amol. Gell, des isch AGGRESSIV!!! Die Strahlen uff der Haut. I find scho. Und i nehm immer den Dreißiger. Wenn man sich damit einschmiert, dann isch das scho die halbe Miete. Da kann dann nimmer so viel passiere. I woiß scho. Einmal, da han i a Sonnestich ghabt. Des war aber bloß oi Mal. Da han i jetzt scho wieder dazuglernt. Damals han i mei letzte rote Wurscht im Leben gegesse. Des könnet Sie mir glaube. Da han i später in der Nacht kotzt. I bin ja net so, sonscht. I kotz ja nie. Außer wenn man mal oin über den Durscht trinkt, aber des kennet Sie ja au. Des passiert scho mal. Dass man dann im Bett liegt und es dreht sich alles. Dann muss i immer aufstande und des Fenschter kippen. Da brauch i frische Luft. Manchmal ess i dann au a Stückle trockens Brot, des hilft. Des saugt den Alkohol auf. Weil, i kotz ja net!!! I behalt immer alles. Jedefalls han i a Sonnestich ghabt, oi Mal in meim Leben. Des war nach dem Tennisspiel. Tennis spiel i ja nimmer, seit mei Tochter da isch. Da musst i dann aus dem Club austrete. Aber damals habe wir noch oft gschpielt, mei Mann und i, und da sind wir einmal so lang in der Sonne gwese, und die Sonne hat immer uff mein Hinterkopf knallt, des isch ja die schlimmschte Stelle, des woiß man ja, da han i dann a Stich kriegt. Und abends, da han i noch nix gmerkt ghabt, da han i dann noch a rote Wurscht gessen. Und dann han i angfange. Zum kotze, mein i. Da kam alles wieder naus. Und seitdem ess i keine rote Wurscht mehr. Des isch vorbei. Des ischt natürlich net so oifach. Wenn wir jetzt mal einglade sind, a Grillparty oder so, dann denket die Leut immer: was isch des für a schleckigs Weib, die isst net amol a rote Wurscht.

Giuliano Musio
Salzwasser
(Textauszug)

Einen Tag nach meinem Selbstmordversuch hatte ich ein Vorstellungsgespräch im Hallenbad. Ich bekam die Stelle. Es war eine einfache Arbeit. Ich musste die Eintrittskarten verkaufen. Drei Pfund für Erwachsene, was ich für das kleine Becken recht übertrieben fand. Als Ticket galt ein blaues Gummiarmband, an dem der Schlüssel des Schließfaches befestigt werden konnte. Wer zusätzlich die Sauna benutzte, erhielt ein rotes Armband. Es war eine Arbeit, bei der ich nicht viel sprechen musste.

Ich hatte die Zusage unmittelbar nach dem Gespräch bekommen. Sie erleichterte mich. Als ich das Hallenbad verließ, trat ich in einen von der Sonne aufgeweichten Kaugummi. Ich ging hinunter ans Meer, wo ich ihn mit dem Schlüssel aus dem Profil meiner Schuhe kratzte. Es war windig und kühl. Die Ebbe war eingetreten, und der Strand hatte eine ungewöhnliche Weite angenommen. Er war fast menschenleer. Eine Gruppe von Jugendlichen saß rauchend am Hafen. Anderswo schrieb ein Junge mit dem Fuß in Großbuchstaben seinen Namen in den Sand. Der Gedanke an meine Wohnung widerte mich an. Sie war klein und schmutzig. So ging ich den Strand entlang, bis ich Newquay hinter mir gelassen hatte. An den mit Gras überwachsenen Klippen wimmelte es von Möwen. Ich konnte ihr Gekreische nicht ertragen und bewegte mich näher auf das Ufer zu. Der Sand war noch feucht, und ich sackte bei jedem Schritt leicht ein.

Das Wasser schlug hohe Wellen von gräulicher, trüber Farbe. Ich schaute mit entspannten Augen in sie hinein, ohne etwas zu fixieren. Ich will nicht abstreiten, dass ich mich vom Meer angezogen fühle. Trotzdem bin ich anders als die Surfer. Praktisch das ganze Jahr über belagern sie die Stadt: Sie sind auf den Straßen, im Supermarkt, in den Restaurants. Sie ärgern mich mit ihrem weltoffenen, kontaktfreudigen Gehabe und ihren stählernen nackten Oberkörpern. Ich sage mir, ich muss ja nicht hinschauen, aber schließlich schaue ich doch immer hin. Sie streichen sich selbstbewusst mit der Hand durch das sonnengebleichte Haar und erklären einander gegenseitig, dass sie sich mit dem Wasser verbunden fühlen, so, als würden sie mit dem Element eins werden.

Meine Zuneigung zum Meer war nie von dieser Art. Man könnte daher denken, ich sei ein Romantiker, ein Träumer, der den salzigen Geruch und Sonnenuntergänge und solchen Kitsch mag. Aber so bin ich auch nicht.

Das Wasser zieht mich an, weil es alles und nichts zugleich ist. Deshalb beruhigt es mich, und deshalb bedroht es mich auch. Besser kann ich es nicht erklären.

Als es eindunkelte erreichte ich eine Stelle, an welcher der Sandstrand von einem Felsstück unterbrochen wurde. Es war überwachsen von Muscheln und Seegras. Ich hätte versuchen können, darüber zu steigen. Allzu breit war es nicht, und dahinter konnte ich wieder Sand sehen. Doch ich setzte mich auf den feuchten Rand des Gesteins. Es war eine helle Nacht.

Plötzlich hörte ich aus der Ferne ein Bellen. Ein Schäferhund rannte auf mich zu und blieb winselnd vor mir stehen. Er war sehr schmutzig, abgemagert, und außerdem fehlte sein rechtes Hinterbein. Ich stand sofort auf. Als mir bewusst wurde, wie auffällig ich auf den Stumpf gestarrt hatte, war es mir peinlich, und ich wandte meinen Blick zu seinem Kopf. Er bellte wieder. Offensichtlich tat er dies aus Freude. Seine Augen ließen keinen Zweifel darüber. Ich war versucht, ihm zu sagen, dass er keinen Grund zum Glücklichsein habe. Er rannte einmal kläffend um mich herum. Dann verschwand er in der Dunkelheit.

Ich setzte mich zurück auf den Felsen. Die fröhlichen Augen des Hundes lösten in mir ein tiefes, ungutes Gefühl aus. Er schien nicht zu wissen, wie schlimm es um ihn stand. Vielleicht hatte er nie etwas anderes gekannt. Ich dachte lange nach und kam zu dem Schluss, dass er zu dumm war, um zu merken, wie schlecht es ihm ging. Anders konnte ich mir seinen Ausdruck nicht erklären.

Er hatte etwas gehabt, worin ich mich selbst wiedererkannte. Zu Beginn wusste ich nicht, was es war. Dann fiel mir ein, dass meine Schwester und ich auf fast allen Fotos unserer Kindheit lächelten. Ich glaubte, durch die Begegnung mit dem Hund endlich die Erklärung dafür gefunden zu haben: Wir waren dumm gewesen.

Das Wasser stieg an. Ich musste zurück.

Ich wollte nicht, dass Luise an die Stelle am Strand ging, wo ich den Hund getroffen hatte. Ich war dort meinen einfältigen Kinderaugen wieder begegnet. Diese Erfahrung empfand ich als persönlich genug, um insgeheim daran zu glauben, dass niemand sonst diesen Ort kennen oder gar etwas damit verbinden sollte. So wollte ich ihn denn auch nicht mit Luise teilen.

Ich traf sie nur kurze Zeit, nachdem ich mit meiner neuen Arbeit begonnen hatte. Sie löste bei mir ein Ticket. Es war Ende Februar. Sie trug ein bauchfreies, mehrfarbiges Oberteil und große, runde Ohrringe. Um die Schulter hatte sie sich eine Sporttasche gehängt. Ich erkannte sie nicht. Sie hingegen betrachtete mich, konnte wohl an meinem Akzent hören, dass ich Schweizer war, und fragte mich schließlich, ob wir uns nicht kennen würden. Selbst als sie mir ihren Namen nannte, erinnerte ich mich nicht an sie. Es lag Jahre zurück. Wir hatten nie viel miteinander zu tun gehabt.

Ich müsse mich aber doch erinnern, drängte sie und begann mir zu erklären, dass wir früher die Samstagabende mit denselben Leuten verbracht hatten. Sie erwähnte die Diskothek in Lyssach und dass sie mit Melanie befreundet gewesen war. Endlich konnte ich sie in Gedanken vor mir sehen. Sie hatte damals langes Haar gehabt. Jetzt trug sie es kurz und in ihrer Naturfarbe. Die Brille hatte sie nicht mehr. Und sie war dünner und hagerer geworden.

Obwohl jemand hinter ihr anstand, wollte sie nicht aufhören zu reden. Sie fragte mich, was ich denn in England mache. Ich konnte darauf nicht ohne weiteres eine Antwort geben und war mir auch nicht sicher, ob sie eine erwartete, denn sie sprach gleich weiter.

Es ist so ein Zufall, dass wir uns hier treffen, sagte sie. Die Welt ist klein, nicht wahr?

Ich erwiderte, das Reisen sei in der Schweiz gerade so in Mode, da sei es nicht wirklich speziell, im Ausland auf Bekannte zu treffen.

Doch sie schien dies nicht richtig gehört zu haben und sagte noch einmal: So ein Zufall.

Wie ich erfuhr, arbeitete sie hier als Privatlehrerin für eine deutsche Familie. Sie hatte eine kleine Wohnung im Zentrum und lud mich ein, mal bei ihr vorbeizukommen. Sie nahm den Kugelschreiber, der neben mir lag, bat mich um ein Stück Papier und schrieb mir ihre Adresse auf. Ich hatte keine besondere Lust, sie noch mal zu sehen.

Später fiel mir das eine oder andere über sie wieder ein: Ich hörte ihr lautes Lachen, ich sah sie auf dem Snowboard und auf der Tanzfläche im *Sequencer*, der Diskothek in Lyssach. Bald aber wanderten meine Erinnerungen von ihr zu denjenigen Menschen, die ich wesentlich stärker mit dieser Zeit verband: Da war Melanie, wie sie mir betrunken zulächelte. Und da war vor allem Jonas. Ich sah ihn, wie er an einem heißen Sommertag von der Untertorbrücke in die Aare sprang, oder wie er ein Stück Zucker in den Kaffee warf, worauf einige Tropfen auf sein Hemd spritzten, und bei anderen Kleinigkeiten, von denen man nie glauben würde, dass sie einem in Erinnerung blieben.

Eine seltsame Trauer kam in mir auf. Mir fiel der Hund wieder ein. Unmittelbar nach der Arbeit legte ich zu Fuß den langen Weg zu jener Stelle mit dem Felsen zurück und suchte ihn. Ich wollte ihn zum Weinen bringen.

Ich weiß, dass Hunde nicht weinen können. Trotzdem wollte ich das. Immer wieder erinnerte ich mich an sein glückliches Gesicht. Ich hatte den Wunsch, dass er es verlor und dass er merkte, in welchem Irrtum er lebte. Aber ich fand ihn nicht.

In der Ferne sah ich die farbigen Leuchtreklamen der Stadt. Ich stapfte müde durch den Sand zurück. In den Knien fühlte ich die Anstrengung. Außerdem fror ich. Ich stellte den Kragen meiner Jacke hoch und zog den Reißverschluss ganz nach oben.

Der Heimweg führte durch die touristischen Straßen in Strandnähe. In dieser Jahreszeit war nur ein Teil der Läden geöffnet. Eine Reihe von Spielautomaten säumte den Weg. Ich warf einen Blick in die Spielhallen, die auf die Straße hin offen waren. Eine ältere Frau stand an einem Einarmigen Banditen. Daneben versuchten ein paar Kinder billige Stofftiere aus einem Automaten zu fischen. Ich fragte mich, ob ich absichtlich an einen Ort gezogen war, der mir nicht gefiel.

Vor dem Internetcafé blieb ich stehen. Ich dachte kurz nach und ging hinein, um meine E-Mails durchzusehen. Es gab nur Stehplätze, damit man nicht zu lange blieb, denn es standen nicht mehr als acht Computer zur Verfügung.

Meine Schwester Doris hatte mir geschrieben. Es sei furchtbar, Vaters Krankheit mitzuerleben, stand in ihrer Nachricht. Ich überflog die nächsten Zeilen und las die beiden letzten gar nicht, da sich an dieser Stelle meist eine moralische Aufforderung befand, etwa, dass ich bei Vater sein sollte, solange er noch lebe.

Seit Mutters Tod hat sich Doris eine ausgeprägte Dramatik angeeignet. Fast in jedem Satz ihrer Mails spüre ich diese Mischung aus Erregung, Hysterie und Überheblichkeit, als wollte sie sagen: Das kann nur mir passieren, ich bin dazu auserwählt. In dieser Weise berichtete sie mir von ihrer Hochzeit, der Schwangerschaft, vom plötzlichen Auftauchen eines Halbbruders und von Vaters Alzheimer-Erkrankung. Vielleicht würde ich ihre Nachrichten gründlicher lesen, wenn sie etwas sachlicher wären.

Manchmal entdecke ich in meinem eigenen Verhalten jene Dramatik, die ich an ihr so verachte. Gerade wenn ich an den Selbstmordversuch denke. Ich war damals am Morgen aus einem Traum erwacht, in welchem Grillen in einer Fabrik in durchsichtige Audiokassetten gepresst wurden. Seit Wochen schon litt ich unter Träumen von Tieren, die irgendwo gefangen sind. Mal war es ein Fisch in einem sehr schmutzigen Aquarium, in dem die Kadaver eines Kaninchens und einer Eidechse lagen. Später träumte ich von einem Frosch, der durch ein Unglück in eine Laminiermaschine kam. Er lebte noch immer, obwohl er, eingegossen in stabile Glanzfolie, keine einzige Bewegung mehr machen konnte. Ein anderes Mal war es ein Delfin, der zusammengestaucht in unserem Berner Briefkasten lebte.

Ich fühlte mich an jenem Morgen, als würde ich innerlich zerfallen. Nie zuvor hatte ich so deutlich gespürt, wie einsam ich war. Dabei geht es nicht um die Art von Einsamkeit, gegen die man etwas tun kann. Es ist eine Einsamkeit, die fest in mir verankert ist. Wie die Lunge oder die Nieren. Sie wurde mir zu Beginn meiner Tage mitgegeben. Ohne sie bin ich nichts. Wie ein Virus stelle ich sie mir vor. Oder ein Programm, nach welchem ich funktioniere.

Meine Eltern waren einsam. Vater, weil er jeden verachtete. Mutter, weil sie von jedem verachtet wurde. Beides steckt in mir.

Obwohl es mir schlecht ging, konnte ich mir nun eingestehen, dass ich nicht wirklich einen Selbstmordversuch begangen hatte. Ich hatte mich nur nachts oben auf eine Klippe gestellt und mir alles ausgemalt. Doch ich hatte im Voraus gewusst, dass ich es nicht tun würde. Es wäre nicht einmal hoch genug gewesen. Die Hobby-Psychologen hätten dies vielleicht als Hilferuf bezeichnet.

Doch das war es nicht. Ich hatte ja niemandem Bescheid gesagt. Es war nichts als eine dramatische Inszenierung gewesen, weil die Dramatik einem das Gefühl gibt, wertvoll zu sein. Wäre ich nicht in Newquay gewesen und hätte ich statt auf einer Klippe auf einer Brücke stehen müssen, ich glaube, ich hätte ganz darauf verzichtet. Ich mag dramatische Menschen nicht, und ich hasse es, wenn ich so bin.

Die Erkenntnis, dass ich weit von einem Selbstmord entfernt war, tat mir gut. Man sagt, dass Familienmuster sich wiederholen. In meiner Familie ist der Selbstmord so ein Muster, und ich war froh, diesem nicht zu entsprechen.

Ich ging zur Kasse, um zu bezahlen. Die Frau, die sie bediente, erklärte mir, dass ich noch zwanzig Minuten gut habe. Wenn ich jetzt ginge, müsse ich trotzdem für die volle halbe Stunde zahlen. Das wusste ich alles und reichte ihr den Geldschein.

Ich ging weiter durch die breiten Straßen, an mehreren Hotels und B&Bs vorbei, bis ich meinen Wohnblock erreichte. Im Treppenhaus roch es nach Urin und Zigaretten. Oben angekommen, legte ich mich mitsamt den Schuhen auf das Bett. Sie waren voller Sand.

Die Tatsache, dass mir Luise begegnet war, weckte in mir das Gefühl von innerer Fäulnis wieder. Ich hatte gehofft, in Newquay ein neues Leben zu beginnen. Die dümmsten Menschen verfügen über die Weisheit, dass man vor der eigenen Vergangenheit nicht wegrennen kann. Ich hatte es wenigstens versuchen wollen. Luises Auftauchen aber zeigte mir eindeutig, dass das Schicksal gegen mich arbeitete. Ich war erschöpft. Ich hatte nicht die Kraft, mich dagegen zu wehren. Wenn die Vergangenheit bei mir bleiben wollte, so konnte ich nichts tun als aufzugeben.

Am nächsten Tag stand ich bei Luise vor der Tür. Sie war freundlich, bat mich herein und machte Kaffee. Ich wartete im Wohnzimmer auf sie. Es war ausgesprochen sauber. Das Sofa war weiß. Selbst bei genauerem Hinschauen konnte ich keinen Fleck entdecken. Die Oberflächen des Couchtisches und der Kommoden waren spiegelblank poliert, und es fanden sich weder Pflanzen noch Kerzen oder sonstige Accessoires auf ihnen. Einzig neben dem Fernseher stand eine Porträtbüste. Ich kannte das Gesicht nicht. An der Wand hingen drei Malereien, die alle deutlich mit Luises

Namen signiert waren. Ich schaute sie mir nacheinander an und blieb vor dem letzten Bild stehen. Es zeigte ein auf der Straße liegendes nacktes Mädchen, das einen beschädigten Regenschirm in der Hand hielt, während unzählige Penisse vom Himmel auf sie hinunter regneten. Ich fand es billig.

Gefällt es dir? Luise war in den Raum gekommen. Den Kaffee trug sie auf einem Tablett, das sie auf dem Tisch abstellte. Dann trat sie neben mich und fügte an: Ich wurde als Kind sexuell missbraucht. Von meinem Vater. Das Malen hilft mir bei der Verarbeitung.

Ich war erstaunt darüber, wie sie mir das sagte. Ich hörte einen gewissen Stolz aus ihrer Stimme und war mir nicht sicher, ob ich ihr glauben sollte. Deshalb ging ich nicht darauf ein und erwiderte bloß: Der Kaffee wird wohl kalt.

Wir setzten uns auf das Sofa. Sie lehnte sich zurück, als wollte sie es sich gemütlich machen. Ich hätte ihr immer noch nicht erzählt, warum ich in England sei, sagte sie.

Ich reise gerne, antwortete ich, und merkte gleich, dass dies eine Lüge war. Deshalb fügte ich noch etwas Wahres an: Ich mag das Meer.

Aha, sagte sie, du bist so ein Träumer. Fast unmerklich rutschte sie etwas näher. Sie hatte ein sehr süßes, aufdringliches Parfum. Ich überlegte, woher ich diesen Geruch kannte, dann fiel mir ein, dass es nach Melonen roch. Mir wurde etwas übel. Sie wollte wissen, ob ich hier viele Leute kenne.

Ich zuckte mit den Schultern. Normal, sagte ich.

Du bist witzig, Frank, meinte sie. Sie atmete tief aus, streckte sich und sagte, dass sie später gerne noch ausgehen würde. Ich nickte.

Die peinliche Stille, die zu Beginn unseres Gespräches teilweise vorhanden war, konnte bald überhaupt nicht mehr auftreten. Dafür redete Luise zu viel. Während wir den Kaffee austranken, erzählte sie mir ausführlich von ihrer Arbeitsstelle und setzte mich außerdem über alle Dinge, die sie mochte, und jene, die sie verabscheute, ins Bild. Dann ließ sie mich alleine, weil sie noch duschen wollte. Sie brauchte recht viel Zeit. Als sie endlich die Badezimmertür öffnete, stellte sie sich auf die Schwelle zum Wohnzimmer und benutzte Zahnseide.

Schwer verständlich fuhr sie fort zu reden. Es sei ja fast ein Wunder, dass sie mich im Hallenbad überhaupt erkannt habe.

Nach all der Zeit. Übergangslos fragte sie mich, ob ich mal noch von Jonas oder Melanie gehört hätte.

Ich schüttelte den Kopf.

Sie ging zurück ins Badezimmer, um sich neue Zahnseide zu holen. Sie sprach erst wieder, als sie vor mir stand und begann, die untere Zahnreihe zu reinigen. Sie erzählte mir, dass sie und Melanie damals einen ziemlichen Streit gehabt hätten. Sie wisse nicht, ob ich das noch mitbekommen habe. Keine sei danach noch auf die andere zugegangen. Wie man eben so sei mit achtzehn Jahren.

Sie ging erneut ins Bad. Ich hörte, wie sie den Spiegelschrank öffnete. Kurze Zeit später gurgelte sie. Ich stand wieder auf und ging im Zimmer umher. Ich überlegte mir, ob ich einfach heimgehen sollte. Doch meine Wohnung war leer und kalt und schmutzig. Hier mochte ich zumindest den Geruch des Kaffees. Luise gurgelte ein zweites Mal. Ich setzte mich wieder hin.

Sie kam lächelnd ins Wohnzimmer zurück. Mit nassen Fingern rieb sie sich die Augen und nahm neben mir Platz. Ich hab mal noch Philipp getroffen, erzählte sie. Im Zug von Bern nach Zürich. Er meinte, Melanie gehe es gut. Mehr hat er mir auch nicht gesagt.

Dann beugte sie sich vor und küsste mich.

Wir gingen schließlich doch nicht aus. Ich blieb über Nacht in ihrer Wohnung und schlief mit ihr. Sie hatte eine Hausstauballergie und hustete oft.

Aus Luise und mir wurde ein Paar. Den Melonengeruch nahm ich auf mich, und sie hatte sogar zwei Charakterzüge, die ich schätzte: Sie war kein Familienmensch, und manchmal zeigte sie eine gewisse Selbstironie. Allerdings kam mir später die Vermutung, dass ich einige ihrer Aussagen nur als Selbstironie interpretiert hatte und dass diese im Grunde ernst gemeint waren. Zum Beispiel, wenn sie sagte: Ich als Künstlerin.

Ich wollte vor allem mit ihr zusammen sein, um endlich eine Beziehung zu haben. Doris fragte immer wieder, ob ich denn noch niemanden gefunden hätte. Das ging mir auf die Nerven. Ich mochte es nicht, wenn sie oder sonst jemand sich darüber Gedanken machte. Wenn Luise auch mit meiner Vergangenheit zu tun hatte, so erhielt ich doch ansatzweise das Gefühl, auf dem Weg zu einem normalen Leben zu sein. Ich hatte jetzt immerhin eine Freundin.

Als sie zum ersten Mal zu mir nach Hause kam, war sie so schockiert, dass sie mich drängte, bei ihr einzuziehen. Es war mir recht. Ich mochte ihre Einrichtung, und ihre Wohnung war groß genug.

Bald machte sich in mir der Wunsch breit, wieder allein zu sein. Doch ich zwang mich, ihm nicht nachzugeben. Ich wollte mir beweisen, dass ich eine Beziehung führen konnte. Es wurde jedoch mit jedem Tag schwieriger. Luise begann, sich über mich zu beklagen. Sie behauptete, ich würde mich nachts von ihr abdrehen, sobald ich eingeschlafen sei. Sie wollte mehr Aufmerksamkeit, als ein Mensch in der Lage ist, zu geben. Ich war das Gegenteil. Ich bemühte mich darum, dass sie nicht zu viel über mich wusste. Mein Leben ging sie nichts an.

Eines Abends wollte sie unbedingt noch an den Strand. Einer ihrer Schüler hatte sie geärgert. Sie musste, wie sie sagte, wieder zu ihrem inneren Gleichgewicht finden. Ich kam nicht darum herum, mit ihr an jenen Ort zu gehen, wo mir der Schäferhund begegnet war. Sie parkte ihr Auto so nahe an der Stelle, dass ich es nicht verhindern konnte.

Sie stieg aus dem Wagen, stieß einen Jauchzer aus und eilte mit schnellen Schritten neben dem Felsstück vorbei, auf das Ufer zu. Unter dem gelben Himmel war sie bald nur noch ein Schatten. Ich schaute mich nach dem Hund um und hoffte innig, dass er nicht da war. Langsam ging ich hinter Luise her, setzte mich dann aber auf den Stein. Die Hände stützte ich auf dem glitschigen Seegras ab. Luise rief nach mir. Als sie sah, wo ich war, meinte sie, ich solle da weg, das sei eklig. Ich stand auf und ging mit zusammengekniffenen Augen auf sie zu. Als ich bei ihr war, streifte sie sich mit den Füßen die Schuhe ab. Sie tat, als würde sie sich nicht darum kümmern, wo sie sie liegen gelassen hatte. Zweimal drehte sie sich mit erhobenen Armen im Kreis, dann blieb sie stehen und schaute sich um.

Sie redete irgendwas von den Elementen. Dass der Wind den Sand ins Meer wehe und dass dieses wiederum das Sonnenlicht widerspiegle oder so. Und da sie wohl glaubte, ich hätte sie noch nicht verstanden, zählte sie nacheinander die vier Elemente auf. Ihren Blick richtete sie auf den Horizont. Zu Hause hatte sie sich ein Foulard umgebunden. So flatterte wenigstens etwas im Wind, wenn sie schon kein langes Haar trug. Ich merkte, dass sie von mir betrachtet werden wollte. Stattdessen hielt ich noch einmal nach dem Hund Ausschau. Von rechts kamen uns nur zwei Spaziergänger entgegen. Links, in Stadtnähe, waren es mehr Leute. Und auch zwei Hunde, die miteinander spielten oder kämpften. Ein schwarzer und ein goldener. Der Schäferhund war vielleicht tot.

Luise sprach mit lauter Stimme zu mir, während sie so nahe ans Ufer ging, dass die Wellen ihre Füße nässten. Sie sei schon mal mit ihrer Freundin Bryony hier gewesen. Recht angetrunken seien sie irgendwann nach Mitternacht noch hierher gekommen. Sie glaubten, alleine zu sein, dann erst sahen sie all die schwarzen Schatten im Wasser.

Was für schwarze Schatten?, fragte ich.

Die Surfer, antwortete sie. Die nehmen nachts das Brett und gehen raus.

Ich schwieg betreten. Es war, als hätte sich jemand gewaltsam Zugang zu meinem Inneren verschafft. Luise kam mit Freundinnen hierher. Und die Surfer trieben sich nachts hier herum, an meinem Ort.

Ich trat näher ans Ufer. Da fiel mir etwas Seltsames auf.

Es sieht aus wie Atemzüge, sagte ich.

Was?

Das Meer. Es ist, als würde es atmen.

Luise verdrehte die Augen und sagte: Du bist unromantisch.

Sie verschränkte die Arme und blieb stehen. Nach einer Weile blickte sie zurück und lächelte mir zu. Sie wollte, dass ich sie berühre. Ich trat hinter sie und fasste sie an den Schultern. Sie atmete durch die Nase.

Im Juni erhielt ich einen Anruf von Doris, in dem sie mir mitteilte, dass Vater im Sterben lag. Ich hätte sowieso bald zurückkehren müssen, um mein Visum zu verlängern. Luise vermisste die Schweiz. Sie bestand darauf, mich zu begleiten. Ich sagte nicht nein.

Carsten Otte
Reise in die Vergangenheit

Kuballa hatte sich zu einem mürrischen Eigenbrötler entwickelt. Das Jahr fünfundneunzig war das entscheidende Jahr, sozusagen das Wendejahr in seinem, wie er sagte, Schweineödeabenteuer; fast fünf Jahre wohnte er nun schon in dem ehemaligen Arbeiterbezirk, in dieser vergessenen Ecke Ostberlins. Und nicht nur Kuballa hatte sich verändert, sondern auch seine Umgebung. Schöneweide verlor endgültig, wie Kuballa meinte, seinen Ostcharakter, und diesen Wandel hätte er am liebsten aufgehalten. Ich bin doch nach Schweineöde gekommen, sagte er, um den Osten zu erleben und nicht die vom Westen finanzierte Umgestaltung. Kuballa hielt die Veränderungen in Schöneweide für eine Strafe der späten Geburt, und als seine Eltern von Kuballas merkwürdigem Konservatismus erfuhren, meckerten sie über seine morbide Einstellung zum Leben und sagten, daß er nicht mehr ganz normal sei.

Kuballa registrierte jede Kleinigkeit, die sich in Schöneweide veränderte. Und je weniger der Ort nach Osten aussah, desto intensiver vergrub sich Kuballa in eine Geisterwelt, in der es zuging, als sei die Berliner Mauer nie abgerissen worden; er versank in die Welt der realsozialistischen Staatssicherheitsspionage. Er wollte herausbekommen, wie dieses Überwachungssystem funktioniert hatte. Und er glaubte, er könne seinem Ziel nur näher kommen, wenn er sich mit dem Gegenstand seiner Begierde restlos identifizierte.

Keinen Fernsehfilm ließ er aus, in dem es um die Staatssicherheit ging. Und da es Mitte der neunziger Jahre richtig in Mode war, darüber Filme zu drehen, hing Kuballa fast jeden Abend vor dem Fernseher. Kuballa informierte sich über die Schicksale ehemaliger Staatssicherheitsmitarbeiter, und natürlich wußte er bald, wo diese Leute noch immer ihr Unwesen trieben. Natürlich in der Sicherheitsbranche.

Kuballa besorgte sich Bücher über das weltweite Agentennetz der Deutschen Demokratischen Republik, und er kaufte auf einem Flohmarkt eine vollautomatische Brieföffnungsanlage, mit der die Staatssicherheit die Post ihrer Bürger kontrolliert hatte. Er hatte noch nie ein Bügeleisen besessen. Nun kaufte er sich eines, weil ihm zu Ohren kam, daß die Postkontrolle damit die geöffneten Briefe wieder verschlossen hatte.

Kuballa wurde zum besten Kunden der Niederschöneweider Buchhandlung, weil er dort Bücher zur Organisationsstruktur des Ministeriums für Staatssicherheit bestellte, Bücher über die Zentrale Koordinierungsgruppe, über die Bekämpfung von Flucht und Übersiedlung, über die Terrorabwehr und Spionageabwehr, über Isolierungslager und über das geheimdienstliche Datennetz des östlichen Bündnissystems. Seine Regale waren bald überfüllt, und so stellte er die neuen Staatssicherheitsbücher vor seine gesammelten Romane, die bislang den Löwenanteil seiner Buchsammlung ausgemacht hatten.

Damit die Romane mich nicht ablenken, dachte Kuballa.

Getreu dem Motto seiner neuen Geistesgenossen, daß einer, der alles wisse, auch alles beherrsche, legte er umfangreiche Karteikästen an; es war ein Glossar des Grauens. Von AOP gleich Archivierter Operativer Vorgang bis ZI gleich Zelleninformator war in diesem Archiv so gut wie jeder Fachbegriff verzeichnet, den Kuballa in den vielen Büchern über die Staatssicherheit finden konnte. Er lernte die Abkürzungen sogar auswendig. Saß er auf dem Klo, beschäftigte er sich mit Abkürzungen, die er noch nicht kannte; bei Küchenarbeiten sagte er Abkürzungen auf, die ihm schon einmal untergekommen waren, die er aber noch immer nicht ohne langes Nachdenken abrufen konnte, und vor dem Schlafengehen ging er noch einmal alle Abkürzungen durch, die er bislang in seinem Karteikasten archiviert hatte.

»DB gleich Durchführungsbestimmung, DV gleich Dienstvorschrift, EV m.H. gleich Ermittlungsverfahren mit Haft, EV o.H. gleich Ermittlungsverfahren ohne Haft, OPK gleich Operative Personenkontrolle.«

Früher hatte Kuballa über den Abkürzungswahn in der Deutschen Demokratischen Republik gemeckert, hatte den Realsozialismus eine Abkürzungsideologie genannt, mittlerweile machten ihm die vielen Abkürzungen uneingeschränkt Freude. Perfektes Herrschaftswissen nannte er sein Abkürzungsarchiv, und Kuballa glaubte, sein Wissen wirklich perfekt zu beherrschen: Er formulierte Lernziele, und er hielt sich penibel an seine Vorgaben. So ordnete Kuballa den Kalendertagen bestimmte Buchstaben des Alphabets zu. Am siebten Kalendertag eines Monats rezitierte er beispielsweise nur Staatssicherheitsabkürzungen mit dem Anfangsbuchstaben G:

»GHI gleich Geheimer Hauptinformator, GM gleich Geheimer Mitarbeiter, GMS gleich Gesellschaftlicher Mitarbeiter Sicherheit, GTW gleich Gefangenentransportwagen ...«

In Kuballas Welt erwachte das untergegangene Spitzelreich von den Toten; er traf sich mit den Fälschergrößen Berlins und bat sie um Mithilfe; er legte sich neue Pässe zu und kaufte Stempelsammlungen; er übte, Schriften zu analysieren, er legte Geruchsproben an, beispielsweise von den Kolbs; er plante, so nannte er das, prophylaktische Ermittlungen; er schrieb auf, was bei einer professionellen Hausdurchsuchung alles zu bedenken sei; er beschäftigte sich mit Maßnahmen zur Desinformation, er schrieb seinen Nachbarn böse anonyme Briefe, in denen er ihr angeblich rowdyhaftes Auftreten rügte; er brachte seinen vollautomatischen Brieföffner zum Einsatz und untersuchte die Post seiner Nachbarn, er baute Wanzen in fremden Wohnzimmern ein, er überwachte die Telefonate der Händler in der Rathenaustraße; er kaufte sich Videoanlagen, die er in sämtlichen Vogelhäuschen in Oberschöneweide installierte; am liebsten hätte er auch konspirative Arbeitsplatzdurchsuchungen angeordnet, öffentliche Zuführungen und geheime Verhöre. Doch den ruppigen Vernehmer spielte er nur in seiner Wohnung. Und immer ohne Häftlinge. Er verlas lange Anklageschriften vor einem imaginären Publikum, er sprach davon, daß Sicherheit vor Recht gehe, daß jeder ein potentielles Sicherheitsrisiko sei, und daß er, Raimund W. Kuballa, das Erbe der Staatssicherheit angetreten habe, daß er dem Schild und Schwert der Partei alle Ehre machen werde. Er schlich nachts um die Häuser, um feindlich-negative Kräfte auszuspähen, wobei diese nächtlichen Erkundungen eher erfolglos blieben.

»Ich brauche Mitarbeiter, viele, ein ganzes Heer von Mitarbeitern«, brüllte Kuballa eines Abends, als er in der Badewanne saß. In der Nachbarwohnung hörte sich sein Geschrei eher wie schräger Gesang an, so als wolle er sich und der Welt beweisen, daß er, Raimund W. Kuballa, der Kapitän in seiner Badewanne sei.

Kuballa hatte aufgegeben, über sein Verhalten ernsthaft nachzudenken. Er hätte sich darüber ja auch amüsieren können. Aber er hielt seine, so nannte er das, Arbeit am Menschen für eine todernste

Angelegenheit. Und so nahm er sich tatsächlich vor, Mitarbeiter zu rekrutieren. Er schrieb seitenlange Anforderungsprofile für seine zukünftigen Untergebenen. Dann prüfte er, ebenfalls schriftlich, ob denn seine Nachbarn seinen Anforderungen genügten.

Nachbar Überreiter, schrieb er beispielsweise, sei weder anpassungsfähig, noch sei ihm die Fähigkeit zur Konspiration anzumerken. Herr Überreiter lasse positive, charakterlich-moralische Eigenschaften vermissen, wie zum Beispiel Treue, Vertrauen und Ergebenheit, Einsatzbereitschaft und Opferwillen, Mut und Disziplin sowie bedingungsloses Kämpfertum und Standhaftigkeit. Herr Überreiter sei im Sinne der Sicherheit gänzlich untauglich und demnach eine Gefahr.

Wer nicht für mich ist, ist gegen mich, dachte er. Wer gegen mich ist, ist ein Feind, und Feinde werden ausgeschaltet.

In Schöneweide fand Kuballa keinen einzigen Menschen, der seinen Ansprüchen genügte. Und anderswo auch nicht.

Feind Nummer eins wurde, wie nicht anders zu erwarten war, der Herr Überreiter. Kuballa terrorisierte ihn. Er bestellte in seinem Namen Taxis und Schlüsseldienste, Abschleppdienste, Fensterputzer, Möbeltransporter, Kammerjäger; er buchte Reisen und orderte beim Pizzaservice mehrgängige Menüs für seinen verhaßten Nachbarn. Herr Überreiter war tagelang damit beschäftigt, die angeforderten Dienstleistungen rückgängig zu machen. So beschäftigt war der arbeitslose Herr Überreiter wahrscheinlich die vergangenen zehn Jahre nicht mehr gewesen.

Zersetzungsmaßnahmen nannte Kuballa seine Übergriffe. Wenn es ihm möglich gewesen wäre, hätte er, wie er es in seinen Büchern über die Staatssicherheit gelesen hatte, auch berufliche und gesellschaftliche Mißerfolge organisiert. Doch bei Herrn Überreiter war das sowieso nicht mehr nötig. Er war, so oder so, eine ruinierte Person.

Kuballa kürte sich zum Leiter des Wachregimentes Felix Edmundowitsch Dzerziensky; er schrieb Lobeshymnen auf die Allrussische Kommission zur Bekämpfung von Konterrevolution und Sabotage, er ließ sich in seinen Träumen als obersten Tschekisten feiern.

Ich bin, träumte er, der Geheimdienstminister, ich bin der oberste Personenkontrolleur, ich liebe die Menschen doch alle, und weil das Lieben und Leben der Menschen nicht so einfach ist, muß ich einen kühlen Kopf behalten, ein heißes Herz, saubere

Hände, ich muß so klar sein wie ein Kristall. Ich muß unbesiegbar sein. Ich bin unbesiegbar. Ich kämpfe, weil ich die Menschen liebe. Konterrevolutionäre und Faschisten bekämpfe ich. Mit dem Gesocks mache ich kurzen Prozeß. Denen werde ich mich niemals unterwerfen. Ich werde lieber stehend sterben als kniend weiterleben.

An der Wand über seinem Bett hing eine Fahne, auf der zu lesen war, was Kuballa in dieser Periode seines Lebens das größte Gefühl auf Erden nannte.

> *Haß, intensives und tiefes Gefühl, das wesentlich das Handeln von Menschen mitbestimmen kann. Im gesellschaftlichen Leben ist der Haß der emotionale Ausdruck der unversöhnlichen Klassen- und Interessengegensätze zwischen der Arbeiterklasse und der Bourgeoisie. Der Klassenhaß ist ein wesentlicher, bestimmender Bestandteil der tschekistischen Gefühle, eine der entscheidenden Grundlagen für den leidenschaftlichen und unversöhnlichen Kampf gegen den Feind. Haß ist ein dauerhaftes und stark wirkendes Motiv für das Handeln. Er muß daher auch in der konspirativen Arbeit als Antrieb für schwierige operative Aufgaben bewußt eingesetzt werden.*

Kuballas verdrehter Klassenhaß (er, der Bourgeois, jagte den arbeitslosen Arbeiter Überreiter) war so gefühlsecht wie die Kondome, die in der Deutschen Demokratischen Republik verteilt wurden.

Als Kuballa meinte, alles über die Staatssicherheit und über sein Einsatzgebiet Oberschöneweide zu wissen, als er davon ausging, alle feindlich-negativen Kräfte zu konrollieren, plante er seine nächste Operation.

Er füllte einen Antrag aus, einen, so hieß es im korrekten Amtsdeutsch, Antrag auf Auskunft, Einsicht sowie Herausgabe von Kopien aus Unterlagen des Staatssicherheitsdienstes der ehemaligen Deutschen Demokratischen Republik. Das war am achtundzwanzigsten August siebenundneunzig, an jenem Tag also, an dem Egon Krenz wegen der Toten an der Mauer zu sechseinhalb Jahren Gefängnis verurteilt wurde.

Der Genosse Staats- und Parteichef außer Amt, dachte Kuballa, kann einem wirklich leid tun.

Das Urteil schreckte ihn keineswegs ab; Kuballa betrieb sein Staatssicherheitsgeschäft weiter, wobei er jetzt eine Bestätigung von außen suchte, eine Bestätigung, die ihm neue Kraft verleihen sollte. Kuballa glaubte, daß einer, der so fähig zur Konspiration sei wie er, schon in früher Jugend die besten Aussichten gehabt haben müsse, eines Tages auserwählt zu werden. Und deshalb vermutete er, daß umfangreiche Unterlagen über ihn in den Archiven der Staatssicherheit lagerten.

Die werden mein Talent, dachte er, bestimmt entdeckt haben.

Leider brauchte die Behörde einige Wochen, um Kuballas Antrag zu bearbeiten, was der ungeduldige Antragsteller allerdings nicht einsah. Tag für Tag nervte er die Damen in der Behördenauskunft. Er rief sie an, er kam auch selbst vorbei. Die Damen vertrösteten ihn. Er kam wieder. Und wieder umsonst.

Eines Tages erhielt Kuballa Post von der Behörde. Er riß den Umschlag auf und war enttäuscht. Es war nur eine Eingangsbestätigung seines Antrags. Ohne Anrede. Ohne Unterschrift.

Zur weiteren Bearbeitung, hieß es da, werde der Antrag unter einer Aktennummer registriert. Null. Vier. Zwei. Fünf. Neun. Sechs. Und der Brief schloß mit der Bemerkung, daß aufgrund der vielen Schreiben, die täglich eingingen, von weiteren schriftlichen oder telefonischen Anfragen abzusehen sei.

Kuballa hielt sich keineswegs an diese Maßgabe. Weiterhin fuhr er so oft wie möglich zu der Aktenbehörde, so daß die Sekretärinnen, die sich über den aufdringlichen Antragsteller ärgerten, ihm vorschlugen, seinen Informationshunger auf andere Weise zu stillen; er könne doch, sagten sie, eine Führung durch die ehemaligen Arbeitszimmer des Ministers für Staatssicherheit mitmachen, sich überhaupt mal dieses fürchterliche Areal hier in der Normannenstraße etwas genauer anschauen.

»Haben Sie schon die Wandbilder im U-Bahnhof Magdalenenstraße gesehen?« fragte eine Frau Jung, die für die besonders hartnäckigen Antragsteller zuständig war.

»Nein«, antwortete Kuballa.

»Die hat der Professor Wolfgang Frankenstein gemalt«, sagte sie.

Bestimmt ein Staatssicherheitsmaler, dachte Kuballa. Was der wohl heute macht?

»Wissen Sie, wie wir seinen Wandbildbahnhof dort unten in der Magdalenenstraße genannt haben?«

»Nein.«

»Frankensteins Gruft haben wir den Bahnhof genannt. Weiß heute aber kaum einer mehr. Ist vergessen worden. Waren Sie denn wirklich noch nicht in den Arbeitsräumen vom ollen Mielke?«

»Nein.«

»Die müssen Sie sich ansehen«, sagte Frau Jung. »Dort hängt auch ein Bild vom Frankenstein. Der Mielke hat auf das Frankensteinbild geguckt und sich Pläne ausgedacht, wie er seine Feinde internieren kann. Am liebsten hätte der Mielke die halbe Bevölkerung eingesperrt. Ja, da gab es Pläne, das wirklich zu tun.«

Kuballa ging hin, besuchte die Arbeitsräume von Minister Mielke und stellte fest, daß das Mielkebüro so ähnlich aussah wie das Keßlerbüro im Bunker von Harnekop. Ein bißchen Holz, ein bißchen Sprelacart, viel Beigebraun eben. Kleine Unterschiede gab es schon: Der eine Minister hatte mehr Telefone als der andere. Außerdem hatte sich Mielke neben dem obligatorischen Honeckerporträt noch besagtes Frankensteinbild zugelegt und dieses Werk im Konferenzsaal aufgehängt. Ein Bild aus dem Jahre siebenundsechzig.

Im Hintergrund, dachte Kuballa, sieht man das Brandenburger Tor. Der Blickfang. Die Mauer ist längst gebaut. Aber das sieht man nicht so deutlich. Die Soldaten im Vordergrund hingegen sind gut zu erkennen. Die Soldaten sehen harmlos aus. Sie scheinen den Kindern, die sich ebenfalls an diesem Ort eingefunden haben, die Weltgeschichte zu erklären.

Frau Jung meinte zu wissen, daß es sich bei dem Werk um eine Auftragsarbeit der Staatssicherheit gehandelt habe.

Der Mielke, dachte Kuballa, hatte Stil. Wer sich solche Bilder aufhängt, ist selbst ein großer Künstler. Die Bilder sind kraftvoll, jeder Pinselstrich wirkt wie ein Pfeil, der sich in mein Herz bohrt.

Kuballa betrachtete den verwaisten Saal. Auf den Konferenztisch hatte sich ein feiner Fettfilm gelegt. Es roch nach Vergangenheit. Kuballa meinte, daß das Frankensteinbild in dieser Umgebung nicht gut aufgehoben sei.

Er nahm ein Taschenmesser zur Hand, das er seit einigen Wochen mit sich führte und das mit der Inschrift *allzeit bereit* versehen war, und schnitt das Frankensteinbild aus dem Rahmen heraus. Da das Gemälde nicht gesichert war und demnach keine

Alarmanlage losging, konnte Kuballa die ehemaligen Ministerräume in aller Seelenruhe verlassen.

Am vierten November achtundneunzig teilte die Behörde für Staatssicherheitsunterlagen dem überglücklichen Raimund W. Kuballa mit, daß er zu den üblichen Öffnungszeiten das Material, das ihn betreffe, anschauen und kopieren könne.

Ich wußte es, dachte er, da ist was. Die Kopien schicke ich gleich meinen Eltern.

Er fuhr mit dem Taxi zum Staatssicherheitsarchiv; statt den Aufzug zu nehmen, rannte er durch das Gebäude. Er lief in den dritten Stock, als könnte er doch noch zu spät kommen. Die Damen, die ihn schon kannten, bemühten sich zu lächeln, als er völlig außer Atem vor ihnen stand und mit dem Brief herumwedelte, den sie tags zuvor abgeschickt hatten.

»Kommen Sie mit«, sagte Frau Jung.

Und dann die Hiobsbotschaft: In seinem Ordner lag nur eine Postkarte, nämlich jene, die er auf der Klassenfahrt in Ostberlin dem Vorsitzenden des Zentralkomitees der Sozialistischen Einheitspartei geschickt hatte. Sonst nichts.

Die Karte, sagte die Behördendame, sei nicht verloren gegangen, weil er, Raimund W. Kuballa, damals seinen vollständigen Namen samt seiner Bonn-Bad Godesberger Adresse darauf notiert hatte.

Kuballa las, was er damals mit jugendlichem Elan geschrieben hatte, und er erinnerte sich sehr gut daran, daß er sich über den Service der Kellner im Palasthotel beschwert hatte.

»Und was ist das?« brüllte Kuballa und zeigte auf die Ansichtskarte.

»Die Postkontrolle«, sagte die Behördendame, »hat hin und wieder zugeschlagen.«

»Wie bitte?«

Die Postkontrolle hatte Kuballas Text mit dem Vermerk *Dummer Jungenstreich* quittiert.

»Das kann doch gar nicht wahr sein«, meckerte Kuballa. »Ich meine, das ist doch nicht alles!«

»Wenn wir mehr gefunden hätten«, erwiderte die Behördendame, »würden wir es Ihnen geben. Darauf können Sie sich verlassen.«

»Ich soll mich auf Ihre Behörde verlassen? Sie haben ja noch nicht einmal alle Bestände sortiert«, schrie er.

Kuballa raste.

Die Behördendame spulte einen Satz ab, den sie schon mehrere hundert Mal aufgesagt hatte: »Da die Erschließungsarbeiten entgegen der weit verbreiteten Meinung sehr weit fortgeschritten sind, ist davon auszugehen, daß auch in Zukunft keine weiteren Unterlagen zu Ihrer Person aufgefunden werden können.«

Ich war ein junger Sozialist in Bonn-Bad Godesberg, dachte Kuballa. Im Herzen Westdeutschlands. Im Zentrum des Klassenfeindes. Ich, der Sohn einer Wirtshausfamilie, der ich die Ministergeliebten und Staatssekretärstöchter bedient habe. Der angehende Superspitzel. Ich soll ein dummer Junge gewesen sein? Wenn hier jemand dumm war, dann die Postkontrolle.

Die Behördendame kopierte die Ansichtskarte.

»Bitte schön«, sagte sie.

Nachdem Kuballa die Behörde verlassen hatte, begann es zu regnen. Dicke Tropfen liefen ihm übers Gesicht, und es sah so aus, als würde Kuballa weinen.

Veronika Reichl
33 funktionierende Maschinen
(Textauszug)

Alexa

Alexa bleibt von ihrem Leben Gutes und Schlechtes übrig. Von fast jedem Tag ein schönes Stück für die Vitrine. Aber das weniger Schöne, also das Schlechte, das bleibt auch und setzt sich in Ecken fest; und es muss gegessen werden; wie sollte es sonst verschwinden? Es muss von Alexa gegessen werden, denn sonst ist da niemand; aufgegessen und dann die Ecken ausgeschleckt. Dieses Schlechte ist eine trockene Masse, sie füllt den Mund und schmeckt wie Oblaten.

Ecken ausschlecken ist aber nicht so ekelig. Denn es sind Alexas Ecken und die sind sauber und frisch und süß – bis eben auf das Schlechte, das aufgegessen werden muss.

Emil

Eigentlich ist Emil Teil der Eltern. Noch nicht mal das Leben hat er von ihnen geschenkt bekommen, nein, er ist ein Teil. Fleisch von ihrem Fleisch. Die Nabelschnur wurde durchtrennt. Aber alle drei haben die gleiche, schnell bräunende Haut und dazu das strohblonde Haar. Ein kräftiges Bindegewebe hält sie alle in Form. Emil sucht auch solche Frauen. Denn seine Eltern sind klasse.

Emil ist seinen Eltern nichts schuldig, sondern einfach nur da. Keine Dankbarkeit, doch Bande verbinden sie, die nicht zu durchtrennen sind. Denn die Substanz, die sie gemeinsam haben, bestimmt über fast alles und verfärbt sich auch nach Jahren nicht.

Das fremde Kind

Das fremde Kind ist nicht von hier; es wird dort festgehalten, wo es nicht hingehört. Denn die, die bestimmen, sind blind. Sie sehen nicht einmal, dass das Kind fremd ist. Sie behaupten einmal, es würde der Mutter, einmal der Tante und einmal dem Vater ähneln, was alles völlig blödsinnig ist. Insbesondere der Vergleich mit dem faltigen Vater, aus dessen Nasenlöchern Haare wachsen, sogar aus den Ohren; dieser Vergleich ist augenscheinlich absurd. Aber an die Ohrenhaare wagt das fremde Kind ohnehin nur selten zu denken.

Das fremde Kind gehört zu ganz jemand anderem; jemandem, der so gut sehen kann wie das fremde Kind selbst; jemand, der nach dem Kind sucht und bei dem das Kind wissen würde, dass es genau zu ihm gehört und nicht einfach irgendwohin gefallen ist.

Ulf

Ulf verstoppelt immer eine seiner Körperöffnungen. Denn dann ist allem oder allen, er kann sich da nicht ganz entscheiden – in ihm klar, dass es bei ihm bleiben soll. Ein Hinweis, den man auch von innen verstehen kann. Unmissverständlich, selbst wenn Teile von ihm ihn vielleicht heimlich gerne verlassen würden.

Außerdem ist ein Öffnung da, damit etwas hindurch kann. Soll nichts hindurch, sollte man sie schließen. Wie Mund und Augen; Ohren kann man wunderbar, ja, sollte man mit den Fingern verstoppeln; und die Nase.

Am beunruhigendsten aber bleibt der Bauchnabel. Er scheint verschlossen, ist es aber nicht. Eine sinnlose Öffnung, aus der das Leben eines Tages fast unbemerkt heraustropfen könnte. Aber zum Glück passt sein Daumen genau hinein.

Diese funktioniert mit Gott

Mascha ist ein Wesen Gottes. Alles an ihr und an ihrem Leben ist und wird sein, wie Gott es bestimmt hat. Gott belohnt und bestraft. Und es ist erschreckend, dass Gott schon vorher weiß, wann sie wieder nicht so edel sein wird, oder ungläubig oder einfach böse und so die Strafen von vornherein in ihr Leben eingebaut hat.

Und weil sie nur das erlebt, was Gott ihr vorgibt, ist die ganze Welt doch eher eine Bühne. Eine Bühne, die allerdings zusammenbrechen kann, denn handelt Mascha anders, als Gott es sich vorgestellt hat, würde seine ganze Planung zusammenbrechen. Eigentlich kann das bei einem Allmächtigen und Allwissenden nicht passieren, aber vielleicht ja doch. Eine plötzliche Unwahrscheinlichkeit, ein unvorhersehbarer Impuls. Gott würde sofort reagieren, aber es gäbe eine kleine Lücke, in der man eventuell hinter die Fassaden der Welt schauen könnte, oder einfach fallen würde durch einen Spalt der Vorsehung. Wohin auch immer.

Übrigens darf man nie denken, alles sei eine Bühne, denn das ist eine Sünde, mit der man sich die besten Erlebnisse verbauen kann. Ebenso wenig darf man die Langeweile des Paradieses fürchten, auch wenn die Vermutung darüber nicht völlig zurückzuweisen ist. Es heißt also, sich selbst zu überlisten; möglichst oft; möglichst lang. Meist kriegt Mascha das hin und ist auch sonst eine gute Tochter, und Gott schickt ihr dann mal den richtigen Mann vorbei, oder so.

Frank

Man muss sich schon etwas trauen, um Frank anzufassen. Frank ist voller Flüssigkeiten. Sie wogen; sie steigen auf und nieder in Röhren oder frei. In Strömen, die durch ihn hindurch ziehen, einfach wie sie wollen. Alles fließt hin und her und erzeugt immer neue Gleichgewichte. Überall rauscht und gurgelt es. Strömt durch ihn hindurch und macht ihn prall und voll. Und wo es in ihm nicht strömt, ist es feucht, voll von Moos. Man kann nahe an ihn hingehen und das Moos schmatzen hören, und das Blut schlürft durch seine Adern und er steht im vollen Saft. Und riecht nach Wald im Regen.

Susi

In Susis Kopf entscheidet eine Gruppe von Leuten. Sie sind gar nicht sehr schön, aber recht laut. Man könnte sagen, sie seien alle auf einem Fest. Und einige haben etwas getrunken. Nur sind sie nicht auf einem Fest, sondern Susis geheime Entscheidungszentrale. Sie entscheiden, als wäre Susi ein Gesellschaftsspiel. Sie entscheiden sich für Männer, für gewagte Sätze, für öffentliche Auftritte und für riskante Skimanöver, so als wüssten sie nicht, dass Susi sterben könnte. Und man muss sagen, sie wissen es nicht. Das ist es, was Susi regelmäßig in Panik versetzt: die da oben kapieren einfach nicht, dass Susi sterblich ist.

Ein Inga-Familien Mensch

Ingas Inneres ist ein Wohnzimmer. Gut geheizt, es ist so schön warm und so sanft dort. Mit einer Inga-Mutter und einem Inga-Vater und einem Inga-Kind, um das sich alles dreht. Am meisten ist Inga wohl das Inga-Kind. Ein nettes Kind, das in einem Laufstall sitzt und über das ganze Gesicht strahlt. Bis nach draußen ist dieses Strahlen zu sehen. Sonst kann das Inga-Kind nicht viel tun, weil sich die Inga-Eltern sorgend über den Laufstall beugen. Das ist auch schön, sich so über sich selbst zu beugen; und nachdenken, ob das Inga-Kind noch etwas braucht; und so zu sorgen und zu wärmen, alles bereit zu halten und sanft und mütterlich zu schauen und jede Regung zu registrieren. Voller Liebe zu sich selbst.

Florian

Florian muss mit sich selbst eins werden, oder besser eins sein. Es gibt also zwei Floriane, den einen und den anderen, also den Spiegel. Denn Florian eins und zwei können deckungsgleich werden. Oder besser, sie waren es von Anfang an. Und es ist immer ein Missgeschick, fast eine Art Sünde, wenn Florian eins aus dem Rahmen fällt. Es gab immer schon zwei und man könnte sagen, dass der zweite, der Spiegel, die Vorlage, der Plan ist, nach dem der erste sich zu richten hätte; der Plan ist, der vorgeben könnte, wie alles sein sollte. Dieser Plan ist schön, wie Florian nun auch, denn Florian tut alles, um dem Spiegel zu entsprechen. Das ist anstrengend, denn der Spiegel hat Muskeln, seine Augen strahlen, und er reagiert immer mit Witz.

Wenn Florian sich dem Bild genug angepasst hat, verschiebt sich sein Blick, beide Bilder werden eines und Florian sieht sich selbst dreidimensional.

Sabina

Sabina hat ein Problem. Sie wird geliebt, klar, wie denn auch nicht: In ihr ist etwas wie ein Magnet, der Liebe anzieht, ganz egal, was sie tut; eigentlich also lieben die anderen diesen Magneten und gar nicht sie. Oder auch: Sie lieben nicht, sie haben eher eine Liebe, die sich einen Ort sucht zum Hinströmen und dann ist sie weg; gefangen bei dem, zu dem sie geflossen ist und da kommt sie dann nicht mehr fort. Und so hat der, von dem sie weggeströmt ist, keine mehr.

Nur kann eben keiner etwas dafür, dass diese Liebe zu Sabina strömt. Außer vielleicht ihre Mutter, die ihr dieses Erbe wohl mitgegeben hat.

Fjodor

Fjodor handelt nicht von sich aus; und niemals einfach mal so. Er reagiert, aber das ist nicht exakt ausgedrückt; und Exaktheit ist der Schlüssel zum Erfolg.

Sensoren aller Art sammeln Informationen verschiedenster Qualität, bündeln sie zu Strömen und Sinneinheiten, gleichen sie miteinander ab. In seinem Hirn laufen diese zusammen. Es gibt nur eine endliche Menge Handlungen, und so gibt es auch nur eine endliche Menge Handlungskombinationen, aus der ausgesucht werden kann. Eine endliche Menge von Stimmlagen und Worten, mit denen man antworten kann. Eine endliche Menge an Worten. Und nur eine Kombination ist die Ideallösung: die schönste Handlung, zu der Fjodor fähig ist, die gleichzeitig seinen Energieverbrauch auf einem erträglichen Maß hält. Der Scheitelpunkt, in dem sich die Kurve der Schönheit der Handlung mit der des geringsten Energieaufwands optimal schneidet, will gefunden werden. Nur ganz selten einmal kann der Fall eintreten, dass es zwei absolut gleichwertige Lösungen gibt. Dann entscheidet das Los.

Diese eigene Funktionsweise als Begabung anzuerkennen und zu genießen, hat Fjodor eine Weile gebraucht; eine Begabung, die er auch als mögliche Politikerbegabung erkannt haben möchte.

Vera

Das, was Vera ausmacht, ist die Stimme, die immer erzählt, Tag und Nacht; die Stimme rekapituliert immer, immer, immer wieder alles, was sie erlebt hat; sie schaut alles von allen Seiten an, und erzählt es als Geschichten, und erzählt es nochmal und nochmal, immer ein wenig anders, bis die gesamten Erlebnisse von Vera einen Sinn ergeben. Ein Strom von Sprache, die sich immer wieder rückbezieht, immer weiter zusammenzieht; eine einzige sinnvolle Geschichte ergibt.

Die Augen sind immer auf der Suche nach passenden Details, nach parallelen Geschichten, nach Bedeutungsspuren. Es muss alles immer weiter aufgerufen werden, um nicht im Vergessen zu verschwinden und um sich in die Geschichte einzuformen, um alle Bedeutung preiszugeben.

Die Stimme spricht immer.

Wenn alle Geschichten ihr Ende gefunden haben und auf andere, ebenfalls fertige Geschichten hindeuten werden, wird Vera sterben, nicht früher und glücklich. Sie hofft inständig, die Schönheit möge sich erhalten, in irgendeiner Form über ihren Tod hinaus. Es möge ein Wesen geben, das dann alle diese Geschichten kennt für alle Zeit und sich an all dieser Schönheit erfreut.

Simon

Simon besteht aus Zellen. Also aus gerade geborenen Zellen, aus übermütigen jungen, aus Zellen in den besten Jahren und welchen, die bald sterben werden. Simons Zellen sind ziemlich eigenständig: jede ein neues Wesen. Und wenn die Stimmung im Zellenstaat auch im Groben gleich bleibt, so kann sie doch im Kleinen sehr unterschiedlich sein.

Vor allem muss sich Simons Bewusstsein jeden Tag neu an seinen neuen Körper gewöhnen. Über Nacht haben so viele Zellen gewechselt, dass sich eine Begrüßung durchaus lohnt. Ja, sogar, dass noch einmal neu die Zustimmung der Zellen zu Simons Lebensweise nachgesucht werden muss.

Jochen

Jochens Innerstes ist ein Vakuum, ein schwarzes Loch, nur in weiß. Und weil es ein Vakuum ist, saugt es alles Mögliche an. Dieses Alles-Mögliche wird an die Seitenwände gedrückt, zerdrückt, mit dem, was schon da ist verbunden und so zu der Substanz Jochen. Alles, was so zu ihm kommt, macht ihn mehr, größer, schwerer, gewichtiger. Immer mehr Masse, die nicht von ihm ist, aber zu ihm wird; bunt wie das Leben ist sie einmal gewesen.

Und so ist das, was Jochen eigen ist, ganz eigen und sogar einmalig ist, vielleicht diese Formel, mit der der Mechanismus einst eingerichtet wurde.

Eines Tages wird es keinen Unterdruck mehr geben und so wird das alles, was heute so fest und stark wirkt, sich in nichts auflösen, ganz langsam, aber unaufhörlich; nur noch von einer leichten Art von Schwerkraft für eine gewisse Zeit zusammengehalten.

Andreas

Für Andreas müssen Dinge ineinander passen, um echt zu sein, wahr und wert. Werkzeug, das einen bestimmten Zugriff erlaubt, das ein optimales Bearbeitungsmaterial benennen kann; und dieses Material ist das, was einem begegnen soll im Leben. Als Steigerung könnte Spielzeug genannt werden: Dort gibt es ein Gegenstück, das nicht nur passt, weil es passt, sondern weil es dafür produziert worden ist. Nicht aus Zufall, sondern aus Vorsehung. Man kann die Vorsehung leicht erkennen: das gleiche Material mit demselben Farbton. Es sagt in allen Eigenschaften: Hier gehöre ich hin. Und es gibt ein leises »Swapp« von sich, wenn es auf die richtige Weise ineinander fasst. Andreas wartet schon seit einiger Zeit auf ein leises, vielleicht diesmal etwas lauteres »Swapp«. Denn nicht nur seine Freunde und seine Wohnung sollten zu ihm passen und perfekte Anschlüsse haben, sondern vor allem seine Freundin.

Die Materialgleichheit ist dort schwerer festzustellen. Anschlüsse können den richtigen Ton erst von sich geben, wenn sie gelegt sind. »Swapp«.

Sanne

Sannes wichtigste alles tragende Substanz besteht aus lauter kleinen Wesen, alle gleich geformt, wie Bonbons. Wenn man eines dieser Bonbons in eine Nährlösung täte, könnte aus ihm durchaus eine kleine neue Sanne wachsen, und so wartet Sanne auf die Wissenschaft. Denn die Wissenschaft wird Nährlösung bereitstellen und Sanne unsterblich machen. Die Vorstellung von vielen Sannes, die nebeneinander existieren würden, erschreckt Sanne nicht: Wie ihre Bonbons sich miteinander verstehen, so verstehen sich auch die vielen Sannes und könnten zusammen noch mehr Sanne ergeben, und alles ausprobieren, was einer Sanne offen steht.

Die Mondfinsternis

Luisa muß durch den Mond, also durch einen »er«, einen Mann, ihren Mann verdrängt werden; oder aufgehoben; zumindest verdeckt werden. Er, größer als sie, muss alles Licht von ihr fernhalten, alles Licht auf seinen Rücken strahlen lassen, rot leuchten an den Rändern, so dass sie nur ihn sieht und selbst ganz im Schatten unsichtbar bleibt. Sich nur in ihm sehen kann als eine Figur, die irgendwo innerhalb seiner Konturen spielt.

Die diesem Gewicht gegenüber steht. Eine Figur, im Schatten des anderen gehalten. Ein Teil eines Paares; mit dem ganzen Gesicht einem anderen mit Gewicht gegenüber.

Tom

Eine Substanz ist zwischen Toms Körper und dem Willen, der ihn leitet. Sie schafft die Verbindung und gewährleistet die Trennung. Diese Substanz ist voll mit Lust und Gefühl und Trägheit, ein virtuelles Plasma, das durch den Hals rauscht, aber auch überall sonst, wo es benötigt wird. Es bringt die Nervenenden dazu, Befehle weiterzuleiten. Virtuelles, energetisches, türkisblaues Willensplasma. Das macht Toms Körper zu einem, bei dem sich die Grenze zwischen dem Körper und dem Wollen zwar nicht exakt bestimmen, aber sich zumindest auf ein klar definiertes Gebiet eingrenzen lässt.

Das Wunder hat ein Gesicht und die Konsistenz dieser Flüssigkeit sagt mehr über Toms Zustand als sonst ein Zeichen. Mit jeder Handlung wird das Plasma heller oder dunkler, grüner oder blauer, getrübter oder klarer. Dass das so ist, liegt auch an der bipolaren Denkweise von Toms Geist.

Nadine

Nadines inneres Sexualorgan ist außerhalb ihrer selbst; es macht Spaß; es ist toll. Und immer, wenn sie tanzt, manchmal auch, wenn sie die Haare zurückwirft oder sich eine Zigarette anzündet, sieht sie sich von außen und muss lachen. Sie sprüht, es sieht ganz echt aus: erotisch, als meine sie es so, als sei sie so. Es ist ihr fremd, aber es ist nicht unangenehm. Sie sieht genauso aus wie diese anderen Mädchen, denen nachgeschaut wird; die, die man manchmal, eher selten, auf der Straße sieht und sich auch als Frau am liebsten nach ihnen umdrehen würde, weil sie so schön sind. Nadine fühlt sich kurz wie diese.

Heimlich weiß sie, dass sie schummelt, daß sie mit diesen nichts zu tun hat. Natürlich macht ihr Sex Spaß: Das Organ außen haftet gut. Aber sie muss doch immer lachen über diese geliehenen Gesten. Sie führt sie gerne aus, weil sie lustig sind, freundlich und Spaß machen. Nur stöhnen kann sie nicht, ohne leise zu kichern. Deshalb lässt sie das.

Miriam

Miriam fängt zu strahlen an, wenn sich Augen auf sie richten. Welch ein schöner Körper. Sie leuchtet und schimmert und sprüht und gibt so allen etwas zurück, die sie anschauen. Sie kann so blendend sein.

Wenn sie unter vielen Blicken steht, bekommt Miriam diese Spannung. Sie braucht dann kein Skelett mehr, denn die Blicke halten sie in ihrer Haltung. Der Druck innen gleicht dem Außendruck und macht die Grenzen undurchdringbar, die Bewegungen bewusst und den Rücken lang und gerade.

Lars

Lars lebte länger in einer feindlichen Umgebung: Auch wenn er es nicht darauf angelegt hat, so konnte er doch das Eindringen von Gift und Dreck nicht verhindern. Es kam mit dem, was er zum Leben brauchte. Jetzt ist Lars in einer sauberen Umgebung; ganz und gar sauber. Es ist nichts jenseits der Nährstoffe und der Luft und des Wassers da. Und die einzige Aufgabe ist es, die richtige Zusammensetzung zu wählen.

Die ganze Umgebung scheint ergeben darauf zu warten, Lars sanft und mit der angebrachten Kühle berühren zu dürfen. Denn das Gift in Lars macht ihn warm und brennt. Doch die Zeit heilt alle Wunden, oder besser: Ist beauftragt, mit jedem Tag etwas Gift aus Lars' Körper zu schwemmen. Und weil es einen täglichen Erfolg gibt, bleibt das Ganze erträglich. In einem Jahr werden nur noch etwa zehn Prozent des Giftes übrig sein, und das Brennen wird nachgelassen haben.

Marlene

Marlene hat keinen Kern. Jeder andere hat einen, so viel ist klar. Oder doch die meisten anderen. Ein Innerstes. Etwas, das einen ausmacht. Marlene ist einmal suchen gegangen: mitten in ihr Innerstes mit einem Meditationskurs. Lange sah sie sich, wie sie sich auf die Suche begab und immer weiter in die Mitte kam, und dann war sie in ihrem Innersten, wie in der letzten Schale der Zwiebel, und dort war nichts, gar nichts außer einem Tunnel, in dem nichts war und der senkrecht von oben nach unten ging; und in dem sie abstürzte.

Sandra

Die rote Färbung von Sandras Lippen läuft an mehreren Stellen aus. Sie befindet sich dort, wo sie der Form der Lippen nach gar nicht sein dürfte. Doch das ist sexy irgendwie, wenn auch etwas ordinär. Die ganze Sandra ist sexy irgendwie; könnte man genau so sagen; von außen sogar meinen, dass der Sex ihr Wesen ausmache. Er dringt aus allen ihren Poren, ist gar nicht zu verheimlichen. Ein bisschen ekelig fast, wie er so herabtropft; fettig und penetrant.

Die Kleidung von Sandra kann nur mühsam fassen, was sie fassen sollte, dabei ist die Kleidung nicht zu klein oder Sandra zu dick. Sandra ist das hin und wieder unangenehm. Dieser Sex ist nicht zurückzuhalten und es kommt immer wieder vor, dass sich Männer, die nicht einmal gemeint waren, eindeutig überfordert fühlen.

Sie ist noch in Arbeit

Sie, also sie hat schon irgendwie eine eigene Seele und so, aber diese wird noch aufgebaut. Also einfach noch perfektioniert. Wenn ihr ihre Seele erst sehen werdet, dann werdet ihr staunen. Wenn sie einmal fertig sein wird. Sie wird dann, also dann wird sie alles können. Die richtigen Antworten geben zum Beispiel; sich im richtigen Moment umdrehen und winken; lächeln und dabei Grübchen haben. Alle werden sie lieben.

Bis dahin spielt das Provisorium, es tut so, wie andere täten. Mal wie dieser, mal wir der da und immer ein bisschen verunsichert, ob das jetzt auch das Richtige war für den Moment.

Sie freut sich schon sehr auf das Ich, das dann ganz ihres sein wird. Da es besonders lange dauert, wird es sicher ein besonders Schönes sein.

Roland Scheerer
Tarantino, Tamagochi
(Textauszug)

Abends war ich mit Mirka in diesem Internetcafé neben dem *Burger King* in der Świętokrzyska. Bleiziffer hatte eine Mail geschrieben.

bin die meiste zeit am verlassenen nacktstrand »polynesia« (umag), lese, schreibe. ist ein bisschen, als kroechen die seeigel ein stueckweit auf mich zu, wenn ich abends zum spass die beine ins wasser haenge und sie wie alte freunde begruesse. wetter = gut für die jahreszeit, man kann staendig draussen sein. gestern war der strom weg. war gerade im bad und am rasieren. nur die linke backe fertig gehabt. bin stundenlang halbrasiert herumgelaufen, bis wieder strom kam. musste dann auch halbrasiert in den laden hinunter, das noetigste besorgen: brot, ozujsko pivo, und dann doch! eine telefonkarte wegen dobromila!

Es war in Russland, in einer Holzhütte. Die Tür stand offen und die ganze Zeit über kamen Zigeuner in den Vorraum. Es gab bei diesen Feierlichkeiten die goldene Regel, dass die Anzahl der ungeladenen Zigeuner die der geladenen Gäste übertreffen müsse, damit kein Unglück über die Gesellschaft komme. Eigentlich hätte Musik gemacht werden sollen, aber als ich mich anschickte, auf einer indischen Tempelposaune zu blasen, ermutigte mich niemand, und während ich noch ungeschickt mit dem Instrument hantierte, gab mir eine kräftige, schwarzhaarige junge Frau, die einen Säugling an sich drückte, deutlich zu verstehen, dass mein Spielen unerwünscht ist.

Beleidigt stellte ich die Tempelposaune auf ihren Trichter. Gleich darauf wurde mir klar, dass ich hüftabwärts völlig entblößt war; ich hatte vergessen, mich fertig anzukleiden. Ich stellte mich hinter einen grünen Stuhl, sodass dessen Lehne meine Blöße notdürftig verdeckte. Bald schöpfte ich Hoffnung: Vielleicht hatte noch niemand die Peinlichkeit bemerkt; der Rest der Gesellschaft, einschließlich Mirka, saß mir abgewandt und war mit sich selbst beschäftigt. Auffallen musste ich zwangsläufig erst in dem Moment, da ich mich durch die einzige Tür in den Vorraum davonzuschleichen versuchte, um irgendwo etwas zum Anziehen zu finden.

Sie aßen irgendetwas mit Eiern. Nach einer Zeit gelangte ich zu dem Schluss, dass es noch auffälliger wäre, so verdächtig lange hinter dem grünen Stuhl herumzustehen. Also begab ich mich doch zur Tür; wider Erwarten reagierte niemand darauf. Hatte ich mich bereits auf so restlose Art unmöglich gemacht, dass man mich nun ganz und gar ignorierte; so vollständig ignorierte, dass man mich nicht einmal dieses Ignorieren mehr spüren ließ?

Im Vorraum traf ich auf ungefähr zehn Zigeuner. Diese breiteten, während noch weitere durch die offene Haustür hereinkamen, verschiedene Dinge vor mir aus. Keinen Schund, wie ich zuerst vermutete, aber auch nichts, für das ich – beim besten Willen – irgendeine Verwendung gehabt hätte. Kleidung war schon gar keine dabei. Ich kaufte also nichts, ging stattdessen die Kellerstiege hinab und gelangte zu den türkis gefliesten unterirdischen Sanitäranlagen, zu den Toilettenkabinen, Spinden und Duschen. Die Kabinen waren in mehreren Reihen hintereinander angeordnet: Man musste, um in eine der hinteren zu gelangen, durch andere, vordere, hindurch, die häufig gerade besetzt waren.

Die Trennwände hatten unterschiedliche Höhen, manche verdeckten nur das Allernötigste. In einer der kaum verdeckten Kabinen trieb es Veronika mit einem Russen. In die türkise Kachelung der Wände waren an einigen Stellen kleine Mosaikelemente eingefügt, die stark an Ravenna erinnerten. Die meisten der vielen Kabinen waren in irgendeiner Weise unbenutzbar, und die allerwenigsten ließen sich verriegeln, weshalb man auf der Suche nach einer absperrbaren Kabine immer wieder die Verrichtung von Leuten störte, die sich am Ende mit einer nicht absperrbaren begnügt hatten.

Ich platzte in eine Kabine hinein, in der es taghell war, und erwachte von einem staubigen Sonnenstrahl.

Auf der Warschauer Klappcouch der Tante Halinka lag es sich furchtbar. Nicht nur dass es hart war und die Sprungfedern herausstanden! Mit jedem Atemzug bekam man den Staub in die Bronchien. Als Decke lag mein Mantel über mich gebreitet. Vielleicht hätte ich wegen des Staubes eine Plastikplane über das Klappsofa legen sollen.

Bleiziffer mailte: Ein alter Freund seiner Mutter, der Gerhard, hatte sich tatsächlich bei ihm gemeldet und in der Nähe der Kirche San Pellegrino einen Schuppen aufgetan, in den er das von Einheimischen an Land gezogene Boot, die *Longo Maï*, schleppen ließ. Der Gerhard begann mit dem Bestellen von Zubehörteilen aus Katalogen: Polyhanf-Tauwerk sollte angeschafft, eine »autonome Windmessanlage« installiert werden. Bleiziffer bekam den Schlüssel zum Bootsschuppen und wurde vom Gerhard im Voraus dafür bezahlt, dass er mehrere Stunden täglich den Wartungsarbeiten an der Longo Maï nachgehen werde:

pflege des bootsrumpfes innen und aussen; auswechseln von verschleissteilen. das geld reicht für miete und verpflegung. g. rechnet, dass die arbeiten bis in den februar dauern, er bewohnt ein appartement in medulin, wobei ich nicht ganz durchblicke, ob das für ihn eine art nebenwohnsitz ist, oder ob er es nur fuer die zeit der bootsueberholung angemietet hat, muss ihn mal fragen.

Das erste Teil, das angeliefert wurde, war eine nagelneue 24-Volt-Toilette. Die *Longo Maï* verfügte standardmäßig über einen 25-Liter-Fäkalientank, der Gerhard wollte die ganze Toilettenanlage austauschen, nachdem sie schon beinahe zwanzig Jahre auf dem Buckel hatte. Einige Tage nach der Toilette traf ein 40-Liter-*Plastimo*-Fäkalientank in Umag ein, samt Schläuchen und Ventilen, Bleiziffer musste selbst einen Weg finden, wie er das Teil einbaute, der Gerhard ließ ihm allen kreativen Freiraum. Alle paar Tage kam er im Geländewagen vorbei und lud Bleiziffer auf einen Cappuccino in Božo's Bar ein. Dort wurden bei einem *Ožujsko* die Fortschritte besprochen, die das Boot machte.

Der Papst, oder war es Stoiber, wurde in einem weißblauen VW-Bus durch die Thundorfer Straße chauffiert, als eine Naturkatastrophe, ein entsetzlicher Wirbelsturm, losbrach. Er konnte sich gerade noch zu mir und Veronika ins Kellerabteil unserer Wohnung retten, bevor draußen alles in einem Steinhagel zusammenbrach und wir verschüttet wurden.

Die Welt musste glauben, dass der Papst oder Stoiber bei der Naturkatastrophe umgekommen sei: vom Wirbelwind aus dem VW-Bus herausgeweht, davongetragen, irgendwo, viele Kilometer entfernt, vom Wirbelwind plötzlich losgelassen und aus großer Höhe herabgestürzt in ein unzugängliches Gehölz an der Donau – wo er doch in Wahrheit in unserem Kellerabteil gefangen war und sich als Herr Komirenko, der Hausmeister, entpuppte, der bei einer unseriösen Werbeagentur, die Hersch gehörte, einen Nebenjob als Prominentendouble hatte. Beziehungsweise sich um diesen Job erst bewarb.

Veronika feilte ständig an ihren Fingernägeln. Sie warf mir Kusshände zu, entzog sich aber jedesmal mit einem schrillen Lachen. Irgendwo im Eck lag ein Mäuseskelett. Herr Komirenko fing an, die verschüttete Heizung umzubauen. Weil eine Menge Rohre beim Einsturz des Hauses zerdrückt worden waren, musste er Umleitungen quer durch das Kellerabteil legen: Diese Umleitungsrohre bildeten ein Gitter, das mich schließlich vollständig von Veronika trennte, und durch das ich immer wieder begierig, aber vergeblich die Zunge nach ihr ausstreckte.

In der Heizungsanlage selbst hatte der Komirenko einige Kisten mit raren Bootlegs von Keith Jarret gelagert. Die Bootlegs waren absolute Unikate, für die der Komirenko selbst keine Verwendung hatte, und die er uns eigentlich einmal hatte schenken wollen, wie er sagte. Was aber jetzt natürlich nicht mehr ging: Die Heizung war die unterirdische Startrampe für die gebrauchten Schallplatten ...

Etwas Hartes schlug gegen die Scheibe, davon erwachte ich. Es war mein zweiter Warschauer Morgen. Um nachzuschen, was mit der Scheibe war, ging ich zum Fenster.

Bleiziffer schrieb, dass der Gerhard jetzt auch immer häufiger von sich selbst erzähle: Er hatte sich 1981 mit Juliane aus Celle in dieses Dorf bei Kastoria, Polykerasos, zurückgezogen, wo ihm keiner etwas vorschrieb. Auf dem Seeweg hatte er sich eine Hammond-Orgel und Leslie-Speaker anliefern lassen und sich ein kleines Tonstudio eingerichtet. Ein Kumpel aus Hamburg, Ralf, brachte zweimal im Jahr selbst gedrehte Filme vorbei. Der Gerhard und der Kumpel gingen dann am Orestiko-See spazieren, beobachteten weiße Pelikane, Sumpfweihen, Pygmäenkormorane, angelten am Seeufer oder ruderten hinaus. Sie fuhren ins Gebirge und erhaschten ein paar Mal mit dem Fernglas einen Bären. Wenn ihnen das nicht gelang, fuhren sie weiter bis dicht an die Grenze und warfen einen Blick auf das abgeschirmteste Land der Welt, Albanien.

wenn der kumpel im winter kam, wurde ski gefahren. der see von kastoria war dann oft zugefroren. abends sassen die beiden im studio beisammen und vertonten die filme, die ralf in hamburg drehte, pornofilme. g. betont, die seien niemals brutal gewesen oder geschmacklos, sondern haetten immer diesen – wie er sich ausdrueckt! – deutlich meditativen subtext gehabt!

Wenn ich geahnt hätte, dass es Marcus Bleiziffers letzte Mail war!

»Vielleicht ist es eine komische Idee gewesen, diesen Ausflug zu machen. Einen Ausflug mit … *dieser* Bedeutung aufzuladen …«, sagte der Gerhard zu mir, als ich ihn kennen lernte in diesem Dorf, Rottenegg, eine Woche später.
»Ich wollte mit Marcus irgendwohin fahren. Zu den Plitvitzer Seen. Ein Naturwunder, völlig einmalig. Fische in diesem … *völlig* blauen Wasser. Karl May, Der Schatz im Silbersee. Der Film.«
»Ich weiß, der wurde da unten gedreht.«
»An der Küste hatte ich Marcus ja richtig kennen gelernt. Marcus hat sich … unheimlich in die Arbeit mit dem Boot reingehängt. Er hat sich im Herrichten der *Longo Maï* direkt selbst wieder gefunden, hatte ich den Eindruck, so hat es für mich ausgesehen. Dann zeichnete sich langsam das Ende der Arbeiten ab, da habe ich beschlossen, dass Marcus die gesamte Inneneinrichtung der Kabine herausreißen und austauschen soll. Mit Feuereifer war er dabei … Und unterhalten haben wir uns. Es war wunderbar. Das kroatische Bier. Weißt du, lange habe ich mit keinem so angenehmen Menschen gesprochen, der so … gesunde, vernünftige Ansichten vertrat. Was für verqueren Ideologien *ich* in Marcus' Alter angehangen habe!«
Der Gerhard schüttelte den Kopf und musste über sich selber lächeln.
»Eure Generation ist da, das muss man euch lassen, einfach viel solider. Das ist mir bei Marcus das erste Mal richtig aufgefallen. Es hat mich mächtig beeindruckt. Und auch zuversichtlich gestimmt, dass alles am Ende hinhauen würde. Ein Boot ist eben …

immer auch ein Symbol für *etwas*. Marcus konnte das natürlich nicht ahnen, aber am Ende war es für mich beschlossene Sache: Ich hätte ihm das Boot geschenkt.«

Wir bogen vom Friedhof kommend in die Straße ein, in der das Haus von Bleiziffers Mutter lag. Wie lange ich hier nicht gewesen war! Hatte das Haus schon immer, bereits aus der Ferne, diesen verwilderten Eindruck gemacht?

»Die Pass-Straße schraubt sich in Serpentinen steil das Velebit-Gebirge hinauf. Mir machen Halt an einem Aussichtspunkt. Das Meer liegt ruhig da, tief unter uns, und schimmert in der Sonne, und da hat Marcus an diesem Montagvormittag zum letzten Mal aufs Meer … Später war das Meer dann hinter den Bergen schon lange nicht mehr sichtbar, und wir fuhren ins Gacka-Tal hinunter. Plötzlich hat Marcus in seiner Arglosigkeit und Unbedarftheit, die nicht gespielt war, hinausgezeigt und diesen Satz gesagt: ›Guck mal, da hat's ja gebrannt!‹

Gebrannt hatte es tatsächlich gehabt. In so einem Schuppen, nur wenige Meter vom Straßenrand entfernt: Der leere Türrahmen war samt einem Teil vom Mauerwerk nach außen gedrückt, und das Dach war auch eingestürzt. *Gebrannt* hat es auch in dem … ausgelöschten Arrangement von sechs, sieben Ruinen, die an einem Südhang abgeschieden beieinander standen, das war einige Kilometer weiter. *Gebrannt* hatte es auch in dem hohlen Betonschlösschen mit seinen Türmchen, das stand auf üppigen Garagen, Torbögen, Säulen.«

Ich fürchtete für einen Augenblick, der Gerhard würde sich zu sehr hineinsteigern, aber er fing sich wieder. Er zündete sich eine Zigarette an.

»*Gebrannt* gehabt hat es in einem Dorfwarenhaus zehn Kilometer vor Otočac. Das war mit einem Bauzaun abgesperrt, gespannte Netze sollten wohl verhindern, dass Trümmer jemanden verletzen. Es war so absurd: Oben auf dem Balkon hatten sich die Topfpflanzen aus ihren Töpfen befreit und … den Balkon in Besitz genommen, und hinter meinem Pajero drängelte die ganze Zeit ein holländisches Wohnmobil.«

Wo die Einschüsse sich um Fenster herum gruppierten, sagte der Gerhard, habe man sich noch vorstellen können, dass die, die hinter den Fenstern in Deckung lagen, nicht erwischt worden waren. Aber es habe auch, am deutlichsten an dieser Schule, immer wieder Schusslöcher in Menschenhöhe an den Außenmauern gegeben. Da müsse auf jemanden geschossen worden sein, der vor dieser Mauer stand oder ging oder rannte.

»Die Gertrud«, sagte der Gerhard, »war ja damals dabei gewesen in der *Longo Maï*-Kooperative bei Barcelonette. Das hat sie wahrscheinlich niemandem erzählt. Marcus hat es ja auch nicht erfahren. Für Gertrud war es wohl unangenehm, von dieser Zeit zu sprechen. Von Anfang an, seit Frühjahr 1972, war sie dabei, sie ist dann aber ausgestiegen, kurz bevor im Sommer '73 Marcus zur Welt kam. Wir hatten uns da alle in diese Idee verrannt gehabt … Schafzucht, Wollverarbeitung, Imkerei, Wein- und Gemüsebau, freie Liebe.«

Der Gerhard sah mich fragend an, aber ich wusste nichts zu erwidern.

»Aus heutiger Sicht ist es natürlich klar: Obwohl die Leute in Barcelonette praktisch umsonst gearbeitet haben, war das Obst am Ende doch nicht konkurrenzfähig. Die Nebenkosten, die Porsches. Ich selber habe ja auch einen gefahren. Das gestehe ich ein, das war falsch. Anfänger waren wir, alle zusammen. Betriebswirte haben gefehlt. Aber wer hätte das damals glauben wollen, dass du Betriebswirte brauchst, um in Ruhe von dem zu leben, was die Erde natürlicherweise hervorbringt. Am Ende ist es eben doch ums Geld gegangen. Diese Projekte werden ja weitergeführt, bis heute. Aber ich kann mich dort nicht mehr blicken lassen. Aus der Sicht der Leute dort repräsentiere ich … sozusagen die Phase eines moralischen Niederganges Ende der Siebziger. Was ja, so gesehen, auch stimmt.«

Er schwieg eine Weile.

»Ich kann es keinem Menschen beschreiben. Es war ein vollendeter *locus terribilis* zehn Kilometer vor Otočac, am Rande dieses Dorfes. Marcus musste mal pinkeln, und zwar *dringend*. Ich habe angehalten und ihn aussteigen lassen, so konnte das holländische Wohnmobil endlich überholen, es fuhr Richtung Otočac davon. Es gab *keinen* Grund, sich dem Gemäuer des Hauses zu nähern. Außer dem, dass man sich zum Pinkeln nicht mitten in die Landschaft stellt. Und diese kindliche Neugier, die war bei Marcus da. Das wurde mir dann plötzlich klar, als ich sehe, dass ein Baum bizarrerweise aus einem der leeren Fenster herauswächst … Mit einem Mal packt mich diese Heidenangst, und ich schreie: ›Marcus, komm sofort zum Wagen zurück!‹«

Der Gerhard weinte jetzt und wischte sich die Tränen am Sakkoärmel ab. Wir betraten Gertrud Bleiziffers Garten. Sie hatte ihn völlig umgestaltet, seit ich als Kind hier gewesen war, mit Bleiziffer die Starfighter am Himmel gezählt hatte. Da stand ein Gewächshaus aus Stangen und Folie. Sogar den Pfad aus Trittsteinen hatte die Gertrud verlegt. Die Trittsteine selbst hatten jetzt die Form nackter menschlicher Füße mit Zehen.
Der Gerhard vermutete, dass Bleiziffer den Draht, den er berührte, vielleicht für den heraushängenden Überrest des Rollozuges gehalten hatte:
»Es gab, verstehst du, überhaupt nichts, das ich tun konnte. Marcus lag leblos vor diesem leeren Fenster, aus dem der Baum herauswuchs. Als ich zu ihm hinstürzte, habe ich den roten Fleck in seinem Augenwinkel gesehen, das Auge füllte sich langsam mit Blut. Ich habe um Hilfe geschrien, und einige Dorfbewohner sind aufgetaucht, die standen dann ratlos herum. Eine Frau half mir dann bei den Wiederbelebungsversuchen, aber das war alles so hoffnungslos ... Nur wenige Minuten nach der Explosion stand ein Wagen der kroatischen Minenräumbehörde da. Keine Ahnung, wo der so schnell herkam. Im Kofferraum waren Angelruten. Oder war es das Minenräumgerät, das aussah wie Angelruten? Die beiden Beamten waren wohl an der Gacka fischen gewesen, die hatten einen Riesenbottich mit Forellen dabei, die herumplanschten. Sie haben die Polizei gerufen. Und auch sonst kamen jetzt von allen Seiten Leute an, die wichtig taten und herumschrieen. Marcus lag da ... ich wurde fast wahnsinnig, und es gab scheinbar ein Zuständigkeitsproblem, es war völlig absurd: Einer von den Minenräumern hatte angefangen, die Umgebung des Gemäuers mit gelben Plastikbändern abzusperren, woran ihn ein Polizist mit aller Macht hindern wollte; es wäre fast zu einer Handgreiflichkeit gekommen. Der andere Minenräumer kümmerte sich um die Fische im Bottich; ich kniete hilflos bei Marcus ... Dann wurde er in einen Krankenwagen geschoben, jemand erklärte mir, dass sie ihn nach Karlovac brachten. In dem Krankenwagen war kein Platz für mich, ich sollte mit dem Pajero hinterher! Die sind mir mit einem Affenzahn davongerast, aber nach einer Zeit kamen sie wieder in Sichtweite, und da sah ich schon, dass sie jetzt ganz ohne Eile unterwegs sind. Hinterherzufahren! Das Schlimmste: *nichts* tun zu können!«
Kurz vor dem Wäldchen beschlossen wir umzukehren. Der

Gerhard sagte, dass die Gertrud ihn trotz allem werde sehen wollen. Auch wenn er nur am Rande sitze. Die meisten hätten ohnehin kapiert, was Sache sei, aber da müsse er jetzt durch. *Natürlich* mache er sich Vorwürfe, entsetzliche Vorwürfe.

»Am Ende war es nichts anderes als ein beschissener Unfall. Wie überall auf der Welt beschissene Unfälle passieren können und auch jeden Tag passieren. Wenn man drüber nachdenkt, ist … nicht einmal etwas Skandalöses dabei. Nicht mal das.«

Schweigen, Tränen.

»Aber das sollte jetzt um Gottes Willen nicht nach Entschuldigung klingen!«

Der Gerhard zog etwas aus der Innentasche seines Sakkos, das in Zeitung eingewickelt war. Er gab mir das kleine Päckchen:

»Das hier hat, mit der Öffnung nach oben, auf Marcus' Tisch in Umag gestanden.«

Aus der Titelseite der *Glas Istre* vom 24. März 2000 wickelte ich ein ziemlich kleines, grünliches Seeigelskelett.

»Marcus hat es als Aschenbecher benutzt. Bitte, behalte es. Es waren drei Kippen drin, die habe ich aber nicht mit aufgehoben.«

Tatsächlich war in der Schale etwas Asche. Meine Fingerkuppen strichen über die Symmetrie der kleinen, halbkugelförmigen Noppen auf dem Kalkpanzer des Echinoiden.

»Auf so lächerliche Art malerisch habe ich es mir vorgestellt gehabt«, sagte der Gerhard, als wir Gertruds Garten durchquert hatten. »Dieser idiotische, kitschige Einfall. Ich weiß nicht, wie ich draufgekommen bin, aber irgendwann ging er mir nicht mehr aus dem Kopf … Oberhalb von Karl Mays Silbersee, in Plitvice, wollte ich am frühen Nachmittag mit Marcus sein. Winnetou und Old Shatterhand. Ich hatte es mir seit Wochen immer wieder ausgemalt: Dort hätte dann *alles* gepasst. Da wollte ich Marcus Rede und Antwort stehen. Dass ich ihm das Boot schenke, und dass er mein Sohn ist. In der Hoffnung, dass dann alles gut wird.«

Ich sah den Gerhard an. Wir waren wieder beim Gasthaus angekommen, gingen aber noch nicht hinein. Er wollte wissen, ob Marcus es geahnt habe. Bestimmt habe ihm doch längst was gedämmert?

Ich log:

»Ja, vermutlich hat er mit so etwas gerechnet.«

Und dass Marcus in einer seiner letzten Mails diesbezüglich eine Andeutung gemacht hätte. Eine Andeutung, die ich erst jetzt verstünde.

Anette Selg
Luna

Der Kirchturm über den braunen Hügeln, immer der Kirchturm, kaum fährt man hinter Bingen aus dem Wald, auf der Straße nach Eneringen, an den Pestkreuzen vorbei und dann die ersten Einfamilienhäuser, noch vor dem Friedhof.

»Zu wenig Hopfen«, sagt die Großmutter, als sie das Bierglas wieder auf den Tisch stellt, im Engel, der einzigen Wirtschaft, die es noch gibt im Dorf. »Zu wenig Hopfen. Das war schon immer so bei den Killetälern«, und ihr Kopf zittert. Vom Stammtisch nickt ein alter Mann herüber. »Prost, Sonnenwirtin«, ruft er. »Prost, Luckesekarle. Sendr au do«, sagt die Großmutter. Der Herd in ihrer Küche ist kaputt, und wir essen auswärts, an einem Werktag, Sauerbraten und jede einen kleinen Salat. Ich habe die Großmutter seit der Beerdigung des Großvaters vor zwei Jahren nicht mehr gesehen. Sie sitzt mir gegenüber, hager und aufrecht, ab und zu schiebt sie ihr Gebiss im Mund vor und zurück, mit einem leisen, schmatzenden Geräusch, ihr graues Haar läuft noch immer in einer glatten Welle über die Stirn. Und vor uns Sonnenbräugläser und Sonnenbräuflaschen, aber kein Sonnenbier mehr. Weil die Brauerei verkauft ist, und der Sudkessel, der kupferfarbene, in Japan steht und japanisches Bier braut und kein Sonnenbräu mehr aus dem frischen Felsquellwasser der schwäbischen Alb, und die Brauereigebäude leer geräumt und kahl, obwohl der hohe Kamin aus Ziegelstein noch immer das Dorf überragt und fast den Kirchturm.

Dem Großvater hat es niemand mehr gesagt, dass die Killetäler die Brauerei übernehmen und jetzt ihr Bier in die Flaschen füllen, und alle Maschinen nach Japan verkauft werden, weil man dort noch zu schätzen weiß, was gut ist. Aber etwas hat er doch geahnt, und eines Tages hat ihn der Nachbar zu der Großmutter in die Küche gebracht, weil er ihn im Sudhaus gefunden hat, inmitten der abmontierten Anlagen, wie er da stand in seinen Hausschuhen und die fremden Arbeiter gefragt hat, was sie suchen in seiner Brauerei.

Danach ging es zu Ende mit ihm, und er hat nie mehr von Berlin erzählt, der Großvater, und von der Brauerschule in der Seestraße und dass er bei Schultheiß als Chemiker hätte anfangen können. Und hat seine Einserzeugnisse nicht mehr herausgeholt und kein Wort mehr von dem französischen Bauern, bei dem er in Gefangenschaft war nach dem Krieg, zwei Jahre lang statt nur ein paar Wochen wie die anderen Männer im Dorf, und nichts mehr davon, wie der Bauer zu ihm gesagt hat, aber du warst doch auch ein Nazi, Eduard, so groß und blond und blaue Augen. Und hat gelacht dabei, der Großvater, jedesmal, und womöglich auch der Franzose, weil die Leute sich freuten, wenn sie mit dem Sonnenwirt sein konnten, er sie anschaute mit seinen Augen, die milchblau wurden im Alter, und manchmal überliefen, unerwartet oder vor Rührung, wenn er davon erzählte, wie ihm seine Schwester im Traum erschienen ist in der Gefangenschaft, über dem Boden geschwebt in einem langen weißen Kleid, und wie er Wochen später erst den Brief mit ihrem Totenbild erhalten hat.

Als wir aus dem Engel gehen, lässt die Großmutter dem Alten noch ein Bier bringen. »Vergelt's Gott, Sonnenwirtin«, ruft er uns hinterher, und dann stehen wir in der Nacht. Nicht ein Misthaufen mehr die ganze Straße entlang, dafür Parkplätze vor jedem Haus. Vor vielen Jahren habe ich einen ganzen Sommer hier verbracht, und Hildegard, die einzige Freundin, die ich je hatte im Dorf, hat mir alle Gemeinwege gezeigt, schmale Graspfade, die hinter den Häusern vorbei führen, zwischen Scheunen und Ställen hindurch und über Obstwiesen, und alle Höfe miteinander verbinden. Aber die Großmutter hat der Hildegard bald das Haus verboten, mit ihren Mörder- und Spukgeschichten, die sie aus dem Fernsehen wusste. Über die Gemeinwege wuchern heute Zäune und Mauern, und wir laufen die Breite Straße entlang zur Sonne.

Am Haus fällt überall der Putz ab, in großen Stücken, die braungelbe Sonne an der Brauereiwand ist kaum mehr zu erkennen, und der alte Mercedes der Großmutter steht verlassen auf dem Hof. Drinnen ist alles wie immer. Die Durchreiche von der Küche in den Hausgang, daneben die grüne Tür zum Männerpissoir, auf dem Treppenabsatz der Spinnstock mit dem grau gewordenen Flachs und an der Wand die DLG-Prämierungen und das Gemälde von den Kartoffelleserinnen. Wir gehen nach oben, und weil die Großmutter jetzt in einem anderen Zimmer schläft, liege ich im Bett der Großeltern, unter den schweren Decken wie damals und sinke immer wieder ins Gräble, in das Grab zwischen den beiden Matratzen, und ich erinnere mich, wie ich damals stundenlang gebetet habe vor dem Einschlafen. »Lasset die Kindlein zu mir kommen«, hatte der Pfarrer in der Kirche gesagt, und so betete ich, um einen frühen Kindstod vor allen Dingen, so mit fünf, dachte ich mir, da könnte ich noch ein Jahr spielen mit meinen Freundinnen in der Stadt, wenn die Mama bald wieder zurückging mit mir in unser Haus und zum Papa und sie nicht mehr so laut wären jede Nacht, immer sich anbrüllten und ich aufwachte davon. Mit fünf war man noch ein Kind, dachte ich und »ihrer ist das Himmelreich«, und die Eltern taten mir Leid und die Großeltern, weil alle Erwachsenen Sünder waren und man nichts dagegen tun konnte.

Dann sind wir den ganzen Sommer und den Herbst geblieben, und zuerst hat mich die Großmutter noch in den Kindergarten gebracht, in den Kende, weil die Mama arbeiten musste im Büro von der Brauerei und den ganzen Tag Bier verkaufte und auf der kleinen Maschine rechnete und ins Kassenbuch schrieb, und niemand auf mich aufpassen konnte, und ihre Hände nach Geld rochen, solange wir dort waren. Aber im Dorf gab es keine Tanten wie im Kindergarten in der Stadt, sondern Schwestern mit schwarzen Umhängen und Hauben, und wenn ich die Brauerei malen wollte oder die Wirtschaft mit dem Flachdach, haben sie mir den Stift aus der Hand genommen und in die andere gedrückt, die rechte, und sie geführt und gezwungen, bis ein gerades kleines Haus und Wattewolken auf dem Papier klebten, und bald hab ich mich jeden Morgen unter dem Tisch verkrochen und hab geheult, und da hat mir die Mama Buntstifte und Papier gekauft und ich durfte in der Sonne bleiben. Manchmal mochte ich sie nicht, wenn sie sich abends fein machte und hatte so viel Farbe im Gesicht und Haarspray, und würde mich nicht in den Arm nehmen und drücken vor dem Einschlafen, nicht wie zu Hause, wenn sie mit dem Papa ausging, und da hatte sie auch nicht so eine hohe Stimme am Telefon. Und an anderen Tagen war sie nur traurig und umarmte mich, dass es wehtat. Aber unglücklich war ich nicht, ein Abenteuer, die Monate auf dem Dorf. Nur das fehlte, dass mein Vater mir seine Hand gab und ich sie halten konnte, weil sie so warm war und trocken, und mir nichts geschehen konnte an seiner Hand und er mich mit einem Ruck zu sich hochzog über bissige Hunde hinweg oder über eine Pfütze. Wenn er sah, was mir Angst machte.

Die Kinder vom Dorf blieben mir fremd, nachdem die Hildegard nicht mehr zu mir kommen durfte. Ihre Spiele verstand ich nicht, wenn sie mit Feinstrumpfhosen überm Gesicht durch die Breite Straße rannten, mit plattgedrückten Nasen, und hinter ihnen baumelten die Strumpfenden. Meist blieb ich im Haus, kletterte auf den Küchenblock und sah der Großmutter und dem Fraulein Luna beim Kochen zu.

»Lebt es noch, das Fraulein Luna?«, frage ich die Großmutter am Morgen und erzähle ihr nicht von meinem Traum, dass uns der Großvater mit auf eine Hochzeit genommen hat und dort mit allen geredet und von allen Tellern gegessen hat, und wir sitzen allein in einer Ecke, die Großmutter, das Fraulein Luna und ich, und serviert wird uns auch nichts. Erst weiß sie nicht, wen ich meine. »Ach, das Fräulein Josefine«, sagt sie dann. »Ja, Fraulein Luna hast du zu ihr gesagt. Die ist schon lang im Stift in Semmeringen. Ich sollte auch einmal wieder nach ihr sehen. Das Fraulein Luna. So schöne Spätzle hat sie immer geschabt, so dünne, das konnt keiner so gut«, und sie lächelt.

Nach dem Krieg haben die Großeltern die Landwirtschaft aufgegeben, aus den Gesindestuben wurden Gastzimmer, und in einem wohnte das Fraulein Luna und ist jeden Tag nach Burladingen gefahren, in die Trikotfabrik zum Nähen, mit ein paar Mädchen vom Dorf, weil es noch keinen Kunstdünger gab und zu viele Steine auf der Schwäbischen Alb, und die Felder immer kleiner und Hagel groß wie Taubeneier, einmal, als die Großmutter ein Kind war und es einen Onkel von ihr auf dem offenen Feld erschlagen hat. Doch die Fabrikbesitzer waren nicht recht froh an den Bauermädchen, die das Stillsitzen nicht gewohnt waren und das Arbeiten nach der Uhr, nicht wie die Näherinnen aus der Stadt und die Flüchtlingsfrauen, die rechnen konnten und ein ordentliches Deutsch sprechen mit der Kundschaft im Büro.

Als ich das Fraulein Luna kennen lernte, arbeitete sie nur noch in der Sonne, half beim Abfüllen in der Brauerei und beim Flaschenputzen, vor allem aber, wenn die Großmutter sie in der Küche brauchte, weil Gäste in der Wirtschaft waren oder eine Gesellschaft kam. Dann saß sie auf ihrem Schemel, sie hatte ein besonderes Kissen, hoch und rund und in der Mitte eine Vertiefung, und manchmal brachte ich es ihr aus der Stube, und schälte

Kartoffeln, jeden Tag gab es Kartoffelsalat, warmen, mit Zwiebeln und Fleischbrühe, oder sie stand an dem großen Herd in der Mitte und backte Pfannkuchen für eine Flädlesuppe oder schabte Spätzle, Berge von Spätzle, die aussahen wie die gekauften. Wenn das Essen auf den Tellern war, zog die Großmutter ihre Schürze aus, strich sich ein paar Mal über den Rock und fuhr die schwarze Welle in ihrer Stirn nach und ich musste die Mama aus dem Büro holen und dann servierten sie in der Wirtschaft und das Fraulein Luna blieb in der Küche sitzen und streckte ihren schlimmen Fuß von sich.

Auf dem Weg ins Stift fahre ich an dem alten NATO-Gelände vorbei. Bis in die Achtziger haben die Amerikaner hier ihre Atomraketen gelagert, aber wer wollte das überhaupt wissen in der Gegend? Jetzt sind die Bunker unter dem Dorf ausgeräumt und die Pershings verschrottet, und aus den Kasernen und Kontrollposten und Stacheldrahtzäunen haben sie ein Auffanglager gemacht für Asylbewerber in Baden-Württemberg. Doppelt so viele Katzen rennen seitdem durch das Dorf, meint die Großmutter, eine rechte Plage.

Der Laux war damals bei den Amerikanern angestellt, der Laux, der auch in der Sonne gewohnt hat, in dem Zimmer neben dem Fraulein, und ist jeden Tag hinab zur NATO gefahren mit seinem Motorrad. Viel später habe ich in einem Vietnamfilm einmal einen Panzerfahrer aus seiner blauweißen Kaffeetasse trinken sehen, Laux' Tasse, die niemand anders benutzen durfte. In die breiten goldglänzenden Büchsen, die er dem Fraulein Luna mitbrachte, randvoll mit amerikanischen Bonbons, goss die Großmutter Schweineschmalz, wenn sie leer waren, und stellte sie in den Kühlschrank.

Und dann sitze ich beim Fraulein am Bett und schaue in die blauen Puppenaugen, die langen weißen Haare ausgebreitet auf dem Kissen, schneeblind könnte man werden. Seit Monaten lässt sie sich keinen Knoten mehr machen, sagen die Schwestern, als ich ankomme und nach ihrem Zimmer frage und wie es ihr geht. Und erst erkennt sie mich nicht, aber dann nimmt sie meine Hand und lässt sie nicht mehr los. Wie es dem Herrn Maier geht, fragt sie, und als ich ihr sage, dass er seit zwei Jahren tot ist, weint sie und schaut sehr erschrocken und schilt sich dann, weil sie das doch gewusst hat, dass der Sonnenwirt auch nicht mehr lebt, »aber das Denken will nicht mehr«, sagt sie dann und »aber schön haben wir's ghabt in der Sonne«. Später fragt sie noch ein paar Mal, wie's dem Herrn Maier geht. Sie hat meinen Großvater nie geduzt, auch meine Großmutter nicht oder meine Mutter. Und da nicke ich und lächle und »Ja, es geht ihm gut«, sag ich und »Man wird eben älter«, und ein Strahlen auf ihrem Gesicht. »Aber schön haben wir's ghabt in der Sonne. Meine schönste Zeit im Leben.«

Auf einem Stuhl an der Wand stehen ihre Schuhe, auf einem gestrickten gelben Kissen, sie wird schon lange nicht mehr darin gelaufen sein. Mittelbraun, knöchelhoch. Der rechte ein schmaler Frauenschuh mit Reißverschluss, der linke klobig, mit einer dicken Gummisohle. »Ein schlimmer Fuß«, sagte die Großmutter damals, als ich wissen wollte, wieso das Fraulein Luna immer so komisch läuft, so wackelig, und immer mit diesem dicken Schuh. Ein Hüftleiden, das sie als junges Mädchen zum Krüppel gemacht hat, Josefine Widmer, jüngstes Kind von acht, geboren auf einem kleinen Bauernhof in Emerfeld, und als der älteste Bruder seine Frau mit auf den Hof bringt, ist kein Platz mehr für das Fraulein, und sie nimmt sich ein Zimmer nach dem Krieg und geht in die Fabrik.

An der Wand gegenüber steht noch ein Bett, und die Alte darin betet und flucht, seit ich da bin, und schleudert ihre Rosenkranzfetzen weit von sich. »Heiligemariamuttergottes bittfürunssünder jetztundinderstundeunsrestodesamen. Herrgottsakrament.« Das Fraulein Luna kichert leise und sieht aus wie meine Tochter, wenn sie die Wundcreme auffisst oder meinen Schrank ausräumt. Wir haben uns immer gut verstanden, das Fraulein Luna und ich. Bei ihr konnte ich nichts falsch machen, wo ich bei den anderen immer alles richtig machen wollte, nicht weinen, weil der Papa nicht da war, und die schwere Schüssel ins Stüble tragen zum Mittagessen, weil man Kindern etwas zutrauen muss, und nie ist sie mir runtergefallen. »Herrjesuchrischt seiunsergascht undsegnewasduuns bescherethascht!« Aber am Tisch erst konnte ich wieder Luft holen, so musste ich mich anstrengen jedes Mal. Auch weil ich es fast einmal gern gesehen hätte, die ganze Suppe und die Flädle und Knödel und der Schnittlauch auf dem Teppich und weiße Scherben überall dazwischen und was dann los gewesen wäre.

Sie hat auch in der Sonne noch viel genäht, das Fraulein, und wenn sie in der Stube saß an der Maschine, lief immer ein kleines Radio, und ich lag auf dem Boden und schaute zu, wie ihre Hände den Stoff unter der Nadel durchschoben, die ratterte und ratterte, ihr Klumpfußschuh neben meinem Gesicht und der andere bewegte das Trittbrett. Ab und zu kreiselt der braune Antriebsriemen durch die Luft, dann höre ich das Fraulein schimpfen über mir und stöhnend bückt sie sich unter die Nähmaschine und legt den Lederriemen wieder über das Antriebsrad.

»Dubischtgebendedeitunterdenfrauen undgebendeitseidiefrucht deinesleibes Jesu. Kruzitürkenherrgottsakrament!« Wieder lacht das Fraulein Luna in sich hinein. Eine weiche Hand hat sie und sie drückt meine die ganze Zeit, nicht fest, nur so, dass ich sie nicht loslasse. Am Mittelfinger trägt sie einen schmalen Goldring. Aber einen Hochzeiter hat sie nie gehabt, einen Krüppel zu heiraten, da waren schon die andern vor, die Nachbarn, das Dorf.

Ich schaue in ihr klares Gesicht und sie hat noch immer nasse Augen, weil sie es nicht glauben kann, dass ich wirklich da bin, und weil die Zeit in der Sonne die schönste war in ihrem Leben, als sie mit der Frau Maier in der Küche gearbeitet hat und mit ihr die Wäsche gemacht für das ganze Haus und beim Abfüllen in der großen Halle und alle in Gummistiefel und auf dem Band die braunen Flaschen und sie hat das Bier geprüft, ob keins trüb war und die Etiketten ordentlich, und Glasscherben und Papier und schaumige Pfützen auf dem Fußboden und am Abend wird alles weggespritzt mit dem langen schwarzen Schlauch. Und dem Fraulein Luna glaube ich, auch dass es nichts Schöneres gegeben hat in ihrem Leben als diese Jahre bei den Großeltern in der Sonne. Und für alle dort war sie das Fraulein Luna, nur für den Herrn Laux nicht, der hat Josefine zu ihr gesagt und den Namen auf dem i betont und nicht dem o, wie die Leute sonst.

Manchmal saßen die beiden vor dem Haus, wenn Feierabend war und kein Nachbar sich das Maul zerreißen konnte. Und das Fraulein hatte ein Glas Bier in der Hand, eins von den schmalen ohne Aufdruck, die es nicht mehr gibt, und der Laux schenkt ihr das Glas voll, und er trinkt aus der Flasche. Und dann gibt er ihr den Arm und bringt sie die Treppe hoch und bis an ihr Zimmer, bevor er sich aufmacht in die City, wie er sagt, in eine der Wirtschaften des Dorfes oder mehrere.

Wo der Herr Laux herkam, wusste keiner. Aus Jugoslawien, sagten manche, und dass er im Untergrund gekämpft hat, ein Partisan. Das Wort hatte ich noch nie gehört, aber fragen wollte ich nicht, und ich dachte mir, dass ein Partisan so etwas war wie ein Zigeuner, schwarze Haare hatte der Laux auch und rauchte, und nach der Arbeit trug er Bluejeans, und manchmal war er das ganze Wochenende verschwunden und kam erst am Sonntagabend wieder an mit seinem Motorrad. Was er drunten bei der NATO arbeitete, wusste auch keiner. Für die Amerikaner halt, als Übersetzer vielleicht, er sprach auch ein komisches Deutsch, ein fremdes, nicht wie das brutlerisch brummige der anderen in der Gegend, bei denen die Sätze im Mund bleiben wollten oder lieber noch ganz verschluckt als raus an die Luft und gehört werden, ein gedehntes klares Deutsch sprach er und mit vielen Wörtern, die ich nicht kannte. »Littlegirl«, sagte er immer zu mir, »mylittlegirl«, aber auch ihn hab ich nie gefragt, wenn ich etwas nicht verstanden hab.

Einmal, als ich vom Milchholen kam, hab ich ihn gesehen, wie er in einem Jeep durch die Breite Straße fuhr und neben ihm Amisoldaten und hinter ihm, und da hat er mir gehupt und das hätten die Kinder im Dorf mitkriegen sollen, und ich bin in die Sonne gerannt zur Luna und hab geschrien, dass ich den Laux gesehen hab in einem Jeep, und sie hat die Schneiderbrille abgenommen, die an einer Kette um ihren Hals hing, und hat mich hochgehoben und ich hab ihr erzählt, wie der Laux in einem Jeep von den Amerikanern an mir vorbeigefahren ist und gehupt hat.

Als schon fast Herbst war, haben wir den Laux abgeholt an einem Abend, das Fraulein Luna hielt mich an der Hand und ganz langsam sind wir hinunter zur NATO gelaufen. Die Luna hatte sich fein gemacht und am Eingang vor der Schranke stand ein großer schwarzer Mann, und er hatte keine Krussellocken wie das Negerkindle in der Kirche, das mit dem Kopf nickte, wenn man Geld opferte für die armen Kinder in Afrika, sondern eine Glatze und darüber eine Mütze, aber genickt hat er genauso, als der Herr Laux an ihm vorbeiging, und gelacht und seine Zunge tief im Rachen so rosa wie bei der Mieze hinter der Brauerei. Und der Laux hebt die Hand und verabschiedet sich und kommt auf uns zu und drückt das Fraulein, das hatte ich noch nie gesehen, und nimmt sie am Arm, wie er sie immer die Treppe hoch bringt, bevor er in die City geht. »Josefine«, sagte er und »littlegirl«, und das Fraulein und der Laux und ich gingen nicht in die Sonne zurück zum Vespern, immer kalt das Abendessen, Schinkenwurst Schwarzwurst Leberwurst und Senf und Bier, sondern in den Engel, und setzten uns an einen Tisch in der Mitte der Wirtschaft und die Kempfeanne, die hinter der Theke stand, nickte nur und kam nicht gleich zu uns, aber dann stellte sie den beiden ein Bier hin und mir Bluna und da niemand sonst da war in der Wirtsstube setzte sie sich kurz zu uns und »Was machet ihr?« und »Wie goht's in der Sonne?« und »Was kann ich euch bringe?« und der Laux sagte: »Eine Flasche Rotwein, bitte«, und was sie zu essen da hätten, und es gab Kartoffelsalat und gefüllten Braten, weil Montag war und sie am Wochenende eine Hochzeit gehabt hatten im Engel, und ein Rest von der Hochzeitssuppe war auch noch da mit Leberspätzle und Knödel und großen Backerbsen und ich stellte mir vor, dass das meine neuen Eltern waren, so wie wenn ein Kind seine richtigen verloren hat und ins Waisenhaus muss und dann nach einer Zeit andere kommen in einem großen Auto mit einem großen Teddy und das arme Waisenkind zu sich nehmen und ich würde mitgehen mit den beiden, dachte ich mir, aber meinen alten Teddy, den würde ich auch mitnehmen und lieber sollten sie mir eine neue Puppe schenken. Und wir feierten ein richtiges Fest an diesem Abend, und als der Wein kam, stellte mir die Kempfeanne auch ein Glas hin und der Laux schenkte mir einen kleinen Schluck ein und alle drei haben wir angestoßen und dem Laux gratuliert und er hat uns vorgesagt, wie es in seiner Sprache heißt, und wie hab ich vergessen, aber die Luna hat es immer wieder gesagt zu ihm: »Alles Gute zum Geburtstag« in seiner Sprache, und er hat sie angeschaut und so gelächelt wie er es sonst nie tat und zum Nachtisch brachte die Kempfeanne noch drei Stück Kuchen, die auch übrig waren vom Hochzeiten, und das Fraulein hatte rote Backen und der Herr Laux hatte ihre Hand umfasst mit seiner Hand, die nicht so groß war wie die von meinem Papa, aber mit dicken Fingern, und das Fraulein Luna schaute meist irgendwohin zwischen uns und viel haben sie nicht geredet, die beiden, aber ich hab erzählt wie schlimm es im Kindergarten war hier im Dorf und dass ich nie mehr dahin geh und von dem Negerkindle vorne in der Kirche und ob ich vielleicht einmal, einmal nur mitfahren könnte bei dem Laux im Jeep mit den Amerikanern und dass ich auch keine Angst hätte vor dem schwarzen Mann, dem Neger, der von unten beim Laux, und die Luna hat ihren Braten kaum angerührt und ihren Kuchen auch nicht und der Laux und ich haben ihn zusammen aufgegessen und ich hätte mir gewünscht, dass die Kempfeanne uns das Stück mit dem kleinen Hochzeitspaar darauf gebracht hätte, aber das hat das Brautpaar natürlich selber essen wollen. Und als der Stammtisch langsam voll wurde und die Männer in ihren rauen Jacken alle zuerst an unseren Tisch kamen und dem Laux auf den Rücken schlugen und »Wie bei de reiche Leut« sagten oder »Habt ihr au Feierabend« und »Ha, das Mädle ghört doch dem Sonnenwirt«, da freute ich mich, dass alle wussten, dass der Sonnenwirt mein Opa war. Und ich war auch stolz, weil ich im Engel saß noch so spät und nicht mit der Mama oder der Oma, sondern mit zwei Fremden fast, zumindest niemand von der Verwandtschaft, und alle andern Kinder schon lang im Bett waren und ich trank noch einen Schluck Wein, das hatte ich noch nie gedurft und es schmeckte mir nicht, so bitter wie es war, aber die Farbe gefiel mir und ich hätte auch gern so blaue Zähne gehabt wie der Laux und das Fraulein Luna. Und als irgendwann auch mein Opa, der Sonnenwirt, durch die Tür kam und sich mit beiden Händen auf unseren Tisch stützte und »Schlawiner« sagte und lachte und »Lumpenpack am heiligen Werktag«, da wurde das Fraulein unruhig und dann zahlte der Herr Laux und sagte »Bis nachher« zu den Männern am Stammtisch und wir verabschiedeten uns und liefen langsam in die Sonne zurück und ein Mond war am Himmel und Fraulein Lunas Haar schimmerte blaublond und der Laux ging nah neben ihr und hielt ihren Arm und ich hüpfte vor ihnen oder hinter ihnen, weil ich so spät noch nie auf der Straße gewesen war und keine Traktoren mehr und Autos, und die Kirchenglocken schlugen laut, und in der Sonne saß die Mama im Stüble und ich lief zu ihr und sie nahm mich auf ihren Schoß und trug mich die Treppen hoch in mein Bett, obwohl ich das nicht mehr wollte sonst, aber heute war eine Ausnahme, und sie packte mich unter die Decke legte den Teddy in meinen Arm »Hierliegtdeinknecht bewahrihnrecht Amen« und küsste mich.

Sie sagt nicht viel an diesem Nachmittag, das Fraulein Luna, und ich auch nicht, aber es stört uns nicht und irgendwann dreht sich das Fraulein zur Wand und ist eingeschlafen und die Alte im Nebenbett ist auch still, und ich reibe meine Hand, aber noch ist nicht Abendessenszeit und ich bleibe einfach am Bett sitzen.

An hohen Feiertagen hatte das Fraulein Luna frei und saß oben im Zimmer in ihrem Sessel mit einer feinen weißen Bluse und einem dunklen Rock und nichts in ihren Händen und ihre Füße lagen in Pantoffeln auf einem kleinen Schemel. Und wenn ich mit der Großmutter aus der Kirche kam, wo die alten Weiber sich zu mir umdrehten und mich anlächelten mit ihren Zahnlucken und ich freundlich zurücklächelte, weil ich nicht stolz sein wollte, weil das eine Sünde war, hoffärtig und stolz sein, wurde ich geschickt, das Fraulein zum Mittagessen zu holen, und kaum stand ich in der Tür, hatte sie schon das dunkelbraune Büffett geöffnet, das die ganze Wand einnahm in ihrem Zimmer und hinter dessen gelben Scheiben sich ihre Schätze befanden, so nahm ich an, und holte den Holzvogel für mich heraus, der an einem Metallstab steckte und man musste ihn nur nach oben ziehen und dann rutschte er die Stange herunter und klopfte laut dagegen wie ein Specht. Ich mochte den Vogel, aber verrückt war ich nach Fraulein Lunas Knopfschachtel, die auch in dem Schrank war, allein das Geräusch, wenn ich die Knöpfe alle zusammen auf den Boden kippte, und dann suchte ich nach meinen Lieblingen, nach dem hellblauen mit den kleinen Blumen, dem grünen, der gewölbt wie eine Schüssel war und genau auf meine Fingerkuppen passte, und nach dem allerschönsten, einem großen durchsichtigen mit Zacken wie ein Diamant und darin eingefroren ein dunkelrotes Herz.

Das Fraulein ist aufgewacht und erkennt mich nicht und ich sag »Fraulein Luna, ich bin's doch.« Und wieder ihre nassen Puppenaugen und ich schau in ihr Gesicht und lieg heulend und tobend wegen einer Ungerechtigkeit vor der Nähmaschine und sie nimmt mich in ihren Arm und holt eine Zeitung und gemeinsam reißen wir die großen Papierseiten in viele schmale Streifen und langsam werde ich ruhiger. Wieder fragt sie nach dem Herrn Maier, und was das für ein Glück gewesen sei und die schönste Zeit im Leben. Aber den ganzen Nachmittag kein Wort vom Herrn Laux, immer nur vom Sonnenwirt, und hat sich alles immer nur um die Sonne gedreht, weil sie etwas Besseres waren dort, und wir drei im Engel, war das kein Glück gewesen für das Fraulein, sondern nur klein und schäbig, zum Lachen gar oder zum Leid tun, das verkrüppelte Fraulein und der Säufer und ein fremdes Kind, von den Herrschaften, und wollte sie lieber zu ihnen gehören als ein eigenes, ein Glück, das ihrs war? Ich hätte sie gern nach dem Laux gefragt, vor ein paar Jahren ist er gestorben an Krebs, er war lange im Krankenhaus, einmal hat ihn die Großmutter besucht und hat das Fraulein mitgenommen, sind sie zusammen in die Kreisstadt gefahren. Die Großmutter hat es mir erzählt, als er tot war. Und er war schmal geworden und blass und gelb und die Ärzte hatten ihn schon lange aufgegeben, und ich wollte es vom Fraulein hören, wie alles war damals, aber wenn sie nicht davon anfing, konnte ich es auch nicht, ich war nur ein Kind damals. Und wir reden wieder über die alten Geschichten von der Sonne und den Flädle und den Spätzle, so schöne dünne, und dass keiner mehr lebt von ihrer Familie, alle tot sind mittlerweile, die ganzen Geschwister von ihr. Die Jüngste sei sie gewesen, und wo hätte sie auch hin sollen, als auf dem Hof kein Platz mehr für sie war. Dann sei halt der Krieg gekommen und danach sei sie in die Fabrik gegangen und in die Sonne irgendwann. Und die ganze Zeit liegt sie da mit ihrem Strahlen, und als ich mich verabschiede, trägt sie mir noch auf, den Herrn Maier von ihr zu grüßen, recht herzlich von ihr zu grüßen bitteschön, und ich versprech es ihr, und ein paar Wochen später ruft die Großmutter bei mir an und sagt, dass das Fräulein Josefine gestorben ist, ganz ruhig sei es eingeschlafen, haben die Schwestern gesagt, und hat nicht leiden müssen. Und ich nehme meinem Kind die Zeitungsfetzen aus dem Mund und ob das Fraulein Luna je Sex gehabt hat, denke ich, und ob ihr Puppenlächeln daher rührte, ihr seliges, und ihre Freude, die sich nicht beirren ließ, weil sie nicht nur einen gehabt hat, sondern keinen. Keinen.

Thomas von Steinaecker
Version
(Textauszug)

Sich bewerben

Auf dem Weg zu den Bars, Gaststätten, bei denen Sara versuchen möchte, einen Job als Kellnerin zu bekommen, hat sie die Ausdrucke ihrer Bewerbung in den Umschlägen, über deren Verschlüsse sie geleckt hatte – die 3-Mark-Briefmarken mit dem Gesicht einer berühmten Politikerin hatte sie kurz auf ihre ausgestreckte Zunge gelegt –, in den Schlitz des Briefkastens für Stadtpost geworfen. Von den 3 Vorstellungsgesprächen hat das erste den höchsten Schwierigkeitsgrad, Vorstellungsgespräch 1=Schwierigkeitsgrad 3. Im Innern der Bar hat die Antwort der Kellnerin 1 auf die Frage hin, ob der Geschäftsführer zu sprechen sei, »Wieso?«, giftig, Sara getroffen; im Korridor vor seinem Büro dann ist sie Kellnerin 2, die sich ihr rasch von hinten genähert hat, zuvorgekommen. Sie hat sie, indem sie behauptete, sie habe einen Termin, abgewehrt. Der Geschäftsführer, gut 150 Kilo, hatte sie aber mit dem zweiten Satz (»Haben Sie denn schon überhaupt einmal als Kellnerin gearbeitet?«) in die Enge getrieben. Sara muss sich geschlagen geben, zieht im Klo den Lippenstift nach, steckt die Bluse in den Rock, hinten, und fährt sich mit beiden Händen über die Haare, damit der Mittelscheitel sitzt, oben. Vorstellungsgespräch 2=Schwierigkeitsgrad 1. In der Wienerwald-Filiale gelangt Sara sofort ohne weiteres zur Tür am Ende des Korridors im hinteren Teil des Restaurants, das Büro des Managers. Der Manager, an die 70 Kilo, ist freundlich plus gepflegt. Sara hat die Zusage, dass sie die folgende Woche anfangen könne, in der Tasche, benutzt im Klo der Wienerwald-Filiale ihr Mundspray, steckt die Bluse in den Rock, hinten, reibt mit der Sohle ihrer Stöckelschuhe über den Kachelboden, damit sich die Reste des Erdklumpens, in den sie gestiegen war, ablösen, unten. Vorstellungsgespräch 3=Schwierigkeitsgrad 2. Saras Blick hat, bevor sie in ihre Lieblingsbar eingetreten ist, im Vorübergehen das Schild an einem Gebäude gestreift, COMMUNITY, die Guckkästen mit Videos, Büchern mit dem gleichen Schriftzug darauf, Fotos von Bauernhöfen, Fotos, die sie mit einem Bericht in der Zeitung assoziiert, neue in den USA florierende Organisation/Meditation/back to the roots/nach Europa rübergeschwappt/ach so h i e r ist das. In der Bar: er, der Besitzer, hinter dem Tresen, rauchend, damit undurchdringlich, Sara, auf Hocker, davor, Licht von schräg oben rechts. Nachdem Sara den Job eigentlich schon abgeschrieben hatte und auch zunehmend merkte, daß sich ihre Reserven von dem Ganzen-Tag-auf-den-Beinen-Sein erschöpften, ist noch eine, die letzte Frage gekommen, Kann sie auch von 10 bis 2 Uhr abends plus auf Abruf. Sara richtet sich auf. Sara: Ja. Sie hat entscheidende Pluspunkte gemacht, es rasselt nur so.

Tarzan/Mickeys Geschichte

»Wo hast du vorhin gesagt, dass du mal warst?«, konnte Sara zu Tarzan sagen, der in Wirklichkeit Mickey heißt und mit dem sie unter der Woche ab 22 Uhr kellnern soll, – vor der Küche, zwischen neue Bestellungen-als-Kürzel-auf-Zettel-Notieren, diese dem Koch, ablesend, zurufen – dann war sie auch schon wieder zu den ihr zugeteilten Tischen (die im hinteren Bereich) unterwegs. Tarzan/Mickey hat diesen hispano-amerikanischen Akzent, wenn er deutsch spricht. Das macht Tarzan/Mickey im Lärm der Unterhaltungen in der Bar noch schwerer verständlich. »In 'ner Soap«, hat Tarzan/Mickey Sara schließlich aufgeklärt, als sie sich nach zwei Runden wieder an der Küchendurchreiche treffen. Erst nach der Sperrstunde können sie hinter dem Tresen zusammensitzen, die Arme aufgestützt, diese etwas dicker als sonst, da stärker durchblutet von den Stühlen, die sie auf die Tische gestellt hatten. Sara lässt ab der ersten Woche in der Bar, in der sie Tarzan/Mickeys Zigaretten, von ihm ihr angeboten, mitgeraucht hat, ihre eigenen Päckchen aus Automaten, deren Standort sie allmählich kennt; jetzt auch bei ihr zu Hause im Apartment auf Tellern: ausgedrückte Filter. Während Tarzan/Mickey und Sara so rechts an der zwischen Zeige- und Mittelfinger zu haltenden Zigarette ziehen, links am selbstgemixten Cocktail nippen, die von Tarzan/Mickey eingelegte CD, eine Band aus den 80ern, im Hintergrund, und den Passanten draußen, die ab und zu noch versuchen, die zugesperrte Türe der erleuchteten Bar zu öffnen, durch Hin- und Herbewegen der Hand vor dem Hals (Tod) bedeuten, dass geschlossen sei, beginnt Tarzan/Mickey: Also er sei jetzt richtig erst seit einem halben Jahr hier, eigentlich komme er aus San Diego, aber sein Vater, der sei Sohn von deutschen Auswanderern, die zweite Generation, genau, Adolf, jedenfalls seine Mutter sei so eine richtige Hispano-Mama, also jetzt seine eigene, nicht die Adolfs, und nach dem College habe er sich gedacht, erst einmal eine Zeit lang hier zu bleiben (es gebe sogar noch einen Verwandtenzweig des Bruders des Opas in einem Vorort, bei dem er eben am Anfang zuerst gewohnt habe), bevor er zurückgehe, einen richtigen Job finden, oder aber egal, er habe da vor einem Jahr, wie er noch beim College? Im College? *Im* College war, bei einem Casting partizipiert für Real World, kenne sie Real World, MTV, jedenfalls hätten die nach einem Hispanic gesucht, und er hätte da also in der Endrunde mit 20 Hispanics im Raum gesessen, jedenfalls habe er den Part bekommen, wahrscheinlich weil er nicht so ein Klischee-Hispanic gewesen war, und sie genau das gesucht haben, egal, sie wären dann zu sechst gewesen, in einem Loft in Vegas, Las Vegas, 3 guys, 3 chicks, 2 schwarze chicks und 1 schwarzer guy und er eben dazwischen als andere Minorität, andere Minorität? Ja, eben nicht eine Frau und nicht schwarz, sondern Hispanic, aber eben nicht komplett und deshalb repräsentativ? Repräsentativ für alle anderen, Minoritäten, so sehe er das, jedenfalls ihr task, in jeder Staffel gebe es einen task für die Gruppe, das müsse man dazu sagen, ihr task sei gewesen, Partys zu organisieren, deren Gewinn dann einem Krankenhaus für krebskranke Kinder, ja, er wisse, cheesy, also, obwohl das beim Casting gesagt worden sei, wieder und wieder, habe man n a t ü r l i c h beim ersten Treffen im Loft auf die Kamera gesehen und nicht auf den oder die, die da mit ihren Koffern zur Türe hereingekommen ist (weil jede Person fast immer von einem Kameramann begleitet worden sei, der sei aber auf Distanz im Background gewesen), in der ersten Episode habe man den Cut dann so gemacht, dass man davon nichts merkte, an die Kamerateams habe sich die Gruppe jedenfalls schnell gewöhnt, ja auch an die fest montierten Kameras in den 2-Bett-Zimmern, von denen man nur was realisiert habe, wenn sie gezoomt oder sich mit ihnen bewegt haben, so ein *zzzt zzzt* (Tarzan/Mickey: flache Hand=Kamera vor und zurück), Intimsphäre sei aber wirklich nicht das Problem gewesen, im Badezimmer sei ja sowieso nicht gefilmt worden, jedenfalls sei davon nichts in den Episoden, nur ja aber also, es sei schon in der ersten Woche klar gewesen, daß Shaneela, ach so, sie kenne ja die Staffel jetzt nicht, Shaneela sei eine der Schwarzen gewesen, also dass Shaneela eben genau sein Typ sei und in den Interviews jeden anderen Tag, also man sitze da und es werde gefragt, wie man das und das gesehen habe und wie man über den und den im Loft denke, jedenfalls habe er an den Fragen realisiert, dass sie wohl daraus, dass Shaneela sein Typ sei, eine Story über ein paar Episoden machen wollten, und Shaneela auch langsam einen crush auf ihn habe, also das habe er jetzt alles an den Fragen realisiert, weil Shaneela sonst total normal zu ihm gewesen sei, also genauso wie er nur so gewusst habe, dass Pete ein Alkoholproblem habe, Pete sei der einzige white guy gewesen, aber egal, nach einer Party, die sie organisiert hätten, da wollte MTV ja auch, dass sie sich ihre Outfits aus so slutty Kostümen aussuchten, aber, um es kurz zu machen, nach einer Party sei er mit Shaneela abgehauen, Pete sei übrigens auf der Party total betrunken auf einer Couch eingeschlafen, aber das habe er, also er, Tarzan/Mickey, erst im TV gesehen, und alle hätten gedacht, *dass* er sie, in der Episode hätten sich alle am Morgen gefragt, wo er und Shaneela blieben und, als sie im nächsten Cut zur Tür reingekommen waren, sich angeschaut (er macht nach: Augen groß, Mund offen, Lachen, hoch, plus *O-My-God*-Sagen [girls], *beep, beep*, also SOB [Son of a Bitch] und so [guys]), dabei hätten sie nicht, nein, egal, direkt nach den 8 Wochen, wieder im Dorm, sei das Tougheste gewesen, dass du k e i n Mike am Shirt hast und k e i n Kamerateam mehr da sei, obwohl du in den 8 Wochen so gewesen seist wie immer, fast jedenfalls, jetzt wieder zurück, könnest du's jedenfalls dann nicht mehr sein, die Personen, die dich verstünden, weil es ihnen auch so gehe, seien die aus der Gruppe, aber die sei ja jetzt wieder über die USA spread? Spread? *Aufgeteilt* okay, und das zweite Problem sei dann, dass, wenn das Ding mal gezeigt worden sei, vor einem halben Jahr sei das gewesen, in den USA jedenfalls, dass du das Gefühl bekommst, daß dich dann in der Klasse oder im Supermarkt alle weird ansehen, also weil sie dich irgendwoher kennen, oder dich sogar ansprechen, und das sei ja auch eine Ursache, warum er erstmal nach Deutschland gegangen sei.

Ausgehen

Sonntag früh (5) wird Sara in ihrem Apartment, wo sich das Licht der 2 Deckenstrahler (neu) neben den IKEA-Regalen (Gustav) plus das des elektrischen Globus (neu) im Fenster spiegelt, so dass sich das Zimmer nach draußen verlängert, mit dem Kopf auf der linken Lehne der zum Bett ausklappbaren Couch liegen, ihre Füße auf Christines Schoß, rechts, in dem schwarzen Rüschen-Top (neu), dem Snake-Mini (neu), den sie auch schon Samstag Nacht (10) anhatte, als sie, Sara, in eben derselben Position (ohne Christine, rechts) gerade noch vor der verabredeten Zeit, zu der sie, Sara/Christine, ausgehen wollten, aufwachte, die Decke zurückschlug, schwitzend, das Licht des nicht ausgeschalteten Fernsehers im Fenster. Sara wird die Schnallen an ihren roten Schuhen öffnen, mit denen sie an Moses, dem Türsteher der Disco (bis sie der Besitzer der Bar einmal mit seiner Verlobten mitgenommen hatte, war es für Sara unmöglich hineinzukommen. Jetzt kennt der Türsteher sie. Ein Vertrauensverhältnis ist entstanden. Dadurch haben auch bis zu zwei Freundinnen, hier: Christine, Freunde nicht, zusätzlich Zutritt), der Disco direkt hinter dem ehemaligen Reichsfinanzministerium der NAZIS, jetzt Museum für bildende Kunst, Schwerpunkt 20. Jahrhundert, vorbeigegangen ist, was im Vorraum auf dem Boden *klockklock* gemacht hat, solange es nicht von der Musik übertönt worden ist; die sie auf der Tanzfläche abwechselnd rechts/links leicht abgehoben hat, hin und wieder an den Fersen dreimal hintereinander zusammengeschlagen, neben dem Fußball-Nationaltorhüter mit seiner Freundin/Geliebten, dem, was sie erst gesehen hat, als sie sich umgedreht hat, von mehreren Seiten (wegen der Musik lautlos) zugejubelt worden ist; in denen (sie drücken) sie an Moses vorbei, diesem Ciao sagend, mit Christine nach Hause gegangen ist. Christine, die sehr müde sein wird, wird den Kopf auf die Rückenlehne gestützt haben. Trotzdem wird sie Sara ansprechen. Es wird ihr ein Bedürfnis sein. Christine hat über eine Freundin einen Medizinstudenten im 4. Semester kennen gelernt, Gert. Christine und Gert sind ein Paar. Aber Gert ist untreu. Z.B. hat er sich vor ein paar Wochen auf dem Medizinerfest die meiste Zeit mit einem Mädchen/einer Studentin unterhalten und ist dann gegen 3 mit eben dieser verschwunden. Christine hat von der Gruppe ihrer Freunde aus kein einziges Mal im Strobolicht das Gesicht des Mädchens sehen können, ist auch nicht zu Gert, der so tat, als ob er sie nicht kannte, und dem Mädchen hingegangen. Etwas hat sie davon abgehalten. Als sie gegen 3 dann nach den beiden suchte, unter den Paaren im Halbdunkel, die sie vielleicht hätten sein können, konnte sie sie, Gert, das Mädchen, nicht finden. Am nächsten Morgen ist Gert plötzlich in Christines Wohnung gestanden (sie hatte ihm ihren Zweitschlüssel gegeben), ist zu ihr ins Bett geschlüpft und sie haben nicht über die Nacht gesprochen. Christine wird Sara sagen, dass sie glaubt, dass sie in Gert verliebt ist. Christines Verliebt-Sein (auf Gerts Person bezogen) vergrößert sich mit Gerts Untreu-Sein (mit ihrer Abwesenheit: der Abwesenheit der Person, oder wenn Christine sie, die Person, zufällig mit einem anderen Mädchen an der Seite, an der eigentlich Christine sein sollte, antrifft). Sara wird daraufhin Christine von Tarzan/Mickey (»Kennst du eigentlich eine Real-World-Staffel, die in Las Vegas spielt?« »Nein«) erzählen. Christine wird Sara sagen, dass so wie Sara Tarzan/Mickey schildere, seine hoch gewachsene Gestalt, sein brauner Teint, nicht jedoch seine gezackten Koteletten, wie er beim Zuhören den Kopf etwas zur Seite legt, seine Art, nach Worten zu fragen, die er nicht weiß (Unschuldigkeit), nicht jedoch, wie er lacht, – dass sich das so anhöre, als ob Sara dabei sei, sich zu verlieben (und damit dort steht, wo Christine sich vor Wochen befunden hat). Christine würde Tarzan/Mickeys Verhalten derart deuten, dass auch er an Sara interessiert sei, dann (Christine wird hier den Finger heben) müsste aber sie (du: Sara) den nächsten Schritt machen.

Eine Beziehung haben

Sara kann am Freitagnachmittag in der Woche nach Ostern nicht auf dem Rücksitz des Autos ihrer Eltern auf der Heimfahrt vom jährlichen Aufenthalt an der Côte d'Azur und somit auch nicht auf dem Kies des nur über eine schlecht befestigte Serpentinen-Küstenstraße plus 20-minütigen Fußmarsch erreichbaren »unentdeckten« (O-Ton ihr Vater) Strand mit Sonnencreme, Schutzfaktor 4, auf der Haut gesessen haben, weil sie zu diesem Zeitpunkt auf dem Bett in Tarzan/Mickeys Zimmer in einer 3er WG, das noch immer nur provisorisch mit größtenteils unausgepackten Umzugskartons eingerichtet ist – in einer Ecke steht eine lebensgroße Mr Spock-Pappfigur, die als Kleiderständer dient –, die Löffelchen-Stellung eingenommen hat (Bein anwinkeln, mit Arm hinter sich den Partner, hier: Tarzan/Mickey, der sie penetriert, an den Kopf fassen). Sara hatte am Wochenende zuvor die letzten Reste ihrer »Schutzvorrichtung« (O-Ton Sara zu Christine als Begründung, warum sie nicht einfach auf Tarzan/Mickey zugeht), d.i. vor allem Zurückhaltung plus Scheu im Benehmen, die sie nur, d.h. ausschließlich, Tarzan/Mickey gegenüber angelegt hatte, ausgeschaltet, nachdem sie schließlich doch im Anschluss an die Arbeit in der Bar Samstag Nacht die drei Videokassetten mit den 16 Folgen à 30 Minuten (inkl. Werbung) der Las Vegas – Real-World-Staffel bei/zusammen mit ihm angesehen hatte. Tarzan/Mickey lenkt Saras Blick. Das geht so: Wenn er möchte, dass Sara eine Szene im Gedächtnis behält, die in der momentanen Episode zwar unwichtig ist, dafür aber in einer späteren, im Nachhinein, Bedeutung erlangen wird, drückt er auf die Doppelpfeil-Taste für Bildrücklauf links an seiner Fernbedienung. Die Bewohner des Lofts greifen dann schnell wieder nach der Schüssel/dem Billardstock, die sie eben hereingetragen hatten und werden (wie von einer unsichtbaren Macht von hinten gepackt) aus dem Zimmer gezogen. Für die Male im Lauf der/des Nacht/Morgens, wo Tarzan/Mickey ein Detail näher erläutern will, das immer nur kurz gezeigte Casino im Erdgeschoss ihres Hotels beispielsweise, dessen Raum durch die Reihen von Einarmigen Banditen, Roulette-, Karten-, Würfel-Tischen in stets neue Gänge, Abzweigungen geteilt wurde, oder Susan, das white chick, deren Bruder vor Jahren ermordet wurde, was man aber nie erfährt, ist die Doppelstrich-Taste, Standbild. Sprechen dann erstarrte Gesichter weiter, sind sie Sara in einem veränderten Licht erschienen als noch Minuten zuvor. Sara hat eine andere Vorstellung von ihnen. Tarzan/Mickey ist von seinem Korbstuhl aufgestanden, um die Videokassette zu wechseln. Vor 3 Stunden ist Sara in ihrem Korbstuhl, eine Plastik-Cola-Flasche neben sich (1 l), halb gelegen, halb gesessen, weil sie sich abgespannt gefühlt hat. Jetzt kann sie nicht aufhören, mit ihren Fingern zu tippeln, ihren Fuß zu wippen (0,5 l Cola in sich). Im dunklen Zimmer ist das Schlußbild der letzten Episode auf der Kassette, als Sara weg vom Fernseher schaut, das Gebäude des Hotels mit dem Real-World-Loft von schräg oben aufgenommen (Helikopter), mit ihrem Blick als helles Rechteck gewandert, auch nachdem sie die Augen kurz geschlossen hat. Sara muss aufs Klo. Mit folgender Szene hat Sara und Tarzan/Mickeys Beziehung begonnen: Im Vorbeigehen streichelt Sara über Tarzan/Mickeys gebückten Rücken. Das bedeutet, dass sie, als Tarzan/Mickeys Freundin, am Beginn des Semesters nach den ersten Stunden ihrer Seminare zwei Schritte vor auf die Gruppe von Kommilitonen zu macht, die noch beisammen stehen, dann einen zur Seite, Springer-gleich, sie hält inne. Das übrig gebliebene Herbstblatt am Baum vorm Fenster des Instituts wackelt im Wind (=Symbol für Unentschlossenheit). Tarzan/Mickey hebt zwölf Straßen weiter in seinem Zimmer unvermittelt den Kopf von einem Buch (=Symbol für wichtigen Moment). Die Kommilitonen in den Gruppen können die Hand schütteln und sich vorstellen. Um eine Verbindung (persönlich) herzustellen, wozu ein Gespräch gestartet und/oder ein Witz über eine dritte Partei, die nicht anwesend sein darf, gemacht werden müsste, damit man gemeinsam lachen kann, ist aber Saras Kommunikations-Konto mit den Elementen Spontaneität/Spritzigkeit/Pointen, deren Vorrat sie bei den Treffen mit Tarzan/Mickey jeweils am Abend davor immer schon verschossen hatte, dummerweise auf, mal sehen, ja, schlappe 10% gesunken, d.h. zu low. So bringt sie nur ein schwaches Tschüss hervor und verdrückt sich, zwei Schritte vor, einen zur Seite. Das übrig gebliebene Herbstblatt am Baum vorm Fenster des Instituts kann dadurch am Baum bleiben (=Symbol für Entschluss), Tarzan/Mickey darf weiterlesen (=Symbol für Überwindung eines wichtigen Moments). Das Ende der Beziehung Saras mit Tarzan/Mickey ist jedoch vorprogrammiert. Dieser hatte eines Nachts, er neben Sara im Bett, einen Anruf seiner Mutter aus San Diego erhalten. Unter Berücksichtigung ihrer belegten Stimme, die ihn auf Spanisch mit Possessivpronomen plus im Diminutiv begrüßt, tippt er auf eine Nachricht a) eines Todesfalls einer nahe stehenden Person, b) einen Unfall einer eben solchen, dass bei seinem Vater Lungenkrebs diagnostiziert worden sei und er, Tarzan/Mickey, nach Hause kommen müsse, weil jetzt auch jemand gebraucht werde, der sich um die familieneigene Autowerkstatt kümmere, hat er nicht wissen können. Tarzan/Mickey legt sich wieder zurück ins Bett. Sara hat nicht nur in der Nacht, sondern auch in den verbleibenden 2 Wochen vor seinem Flug, für den er ein Ticket mit der Nummer des Platzes, auf dem er sitzen wird, die Uhrzeit des Take-offs, zu der sie sich spätestens -30 Minuten verabschieden werden, gekauft hat, einen anderen Tarzan/Mickey erlebt, als den, den sie kannte. Ernster/zerstreuter/gereizter. Nachdem Sara abgewogen hat, ob es die bisherige Zeit mit Tarzan/Mickey wert sei, zu einer dann aufs Unbestimmte angelegten Fern-Beziehung verlängert zu werden, ob sie sich wirklich die, wie sie von Christine/der Hollywood-Komödie »Me and François« gehört hat, damit verbundenen finanziellen Ausgaben plus Schmerz aufhalsen möchte, jetzt mal ganz ehrlich, und sich zu einem NEIN durchgerungen hat, richtet sie es so ein, daß jede freie Stunde sinnvoll, d.h. mit Unternehmungen, an die man sich später, allein, erinnern könnte, weil sie schön wären, genutzt wird. In der Schlußphase (-48 Stunden) ist man traurig. Man lässt, umschlungen plus liegend plus es muss still sein, seine persönlichen Lieblingsmomente Revue passieren. Innerlich sieht man den anderen z.B. Sara Tarzan/Mickey im Kino sein Gesicht dem eigenen zum Küssen sich nähern / Tarzan/Mickey Sara in der Bar, ohne zu wissen, dass er sie beobachtet, kellnern, plötzlich aufschauen und ihm charakteristisch zuzwinkern. Eine der Sexszenen aus der Teilmenge von Szenen, die beide, unabhängig voneinander, vor sich haben/favorisieren, spielt auf der Damentoilette in einer der Discos auf dem Gelände eines ehemaligen Gaswerks, dessen Fabrikhallen als Nachtklubs/Lokale/Rock-/Popkonzertstätten dienen. Während es jedoch bei Tarzan/Mickey noch früh am Abend ist und Sara einen Nike-Rock trägt, den sie, mit ihren weißen Turnschuhen auf der Klobrille stehend, bis zur Hüfte hochgezogen hat, und er, sie am Becken haltend, weil sie sonst umfallen würde, nur den Latz seiner Hose geöffnet hat, lässt Sara, die hier auf dem zugeklappten Klodeckel liegt, es Morgen sein und ihren Blick von Tarzan/Mickey und seiner auf den Boden gerutschten Jeans auf die mit schwarzem Stift geschriebenen Sprüche/Botschaften auf der Wand hinter ihm schweifen. Das ist das eine. Andererseits stellt sie sich vor, beim Abschied zu weinen/sich gegenseitig in die Augen zu schauen/wieder weinen/ das »Ich liebe dich« zu sagen an einem Terminal des Flughafens, wo sie dann (noch -20 Sekunden) wegen einer Verspätung der S-Bahn spät dran gewesen sein werden, rennend, sich vor dem Gate kurz küssend, Tarzan/Mickey ab (+/-0).

Achim Stricker
Varianten, sich das Leben zu schenken

Es war anders, als er gehofft hatte. Es war wie immer. Natürlich wollte sie gleich an den Strand, kaum dass ihr Flugzeug gelandet war und sie das Hotel gefunden hatten, ihre Koffer unausgepackt in der Ecke abgestellt. Natürlich war er erschöpft und hätte sich lieber auf dem Bett ausgestreckt, sie zu sich gezogen. Selbst wenn diese Dinge momentan etwas halbherzig über die eheliche Bühne gingen.

Sie wollte keine Zeit verlieren, zerrte ihn am Arm wieder hoch und schleppte ihn über die Promenade zum Strand. Natürlich war ihre Stimme weit und breit die lauteste, ihr Lachen das durchdringendste, natürlich zog sie sich einfach mitten auf dem Strand aus und für seinen Geschmack viel zu langsam den Bikini an. Dann band sie ihre Haare zusammen, sah kurz zu ihm hin und rannte davon, ins Wasser.

Ihm blieb nichts anderes übrig, als sich zwischen ihren verstreuten Kleidern in den Sand zu setzen, lustlos ein paar Löcher und Gänge zu graben und sich mit der Zeit auszustrecken, ein wenig zu dösen, ihr Oberteil auf dem Gesicht, um in der sengenden Sonne das Schlimmste zu verhindern.

Irgendwann kam ihr Lachen wieder näher, wie zu erwarten bespritzte sie ihn mit dem schmierigen, kalten Meerwasser und zog ihn auf: »Da hab ich mir ja was ganz besonders Aktives eingefangen. Lieg nicht herum wie ein nasser Sack, komm mit ins Wasser.«

Sie riss ihm das Oberteil vom Gesicht und setzte sich auf seinen Bauch. Sein abwehrendes Argument, er habe keine Badehose dabei, ließ sie nicht gelten. Dann müsse er eben nackt ins Meer. Sie sprang auf und schaute zur Brandung. Neue Bekanntschaften hatte sie auch schon geschlossen: Jennifer und Brad. Die beiden winkten aus dem Meer wie eine frustrierende Katalogillustration. Ihm war jede potentielle Lust vergangen. Sie stand da, ein wenig in den Knien, wie zum Absprung: »Was ist jetzt, kommst du?« Hin- und hergerissen zwischen ihm und den beiden durch und durch trainierten Wassersportlern. Er stützte die Ellenbogen im Sand auf und erhob sich ein wenig.

Sie stach vor ihm in den Himmel, Tropfen an Nase und Kinn, ihre nassen Haare klebten auf den flügelartig gewölbten Schulterblättern. Da fiel es ihm auf. Vielleicht hatte er sie in letzter Zeit seltener oder weniger genau als sonst angeschaut, sicher hatte sie das nicht erst seit kurzem. Auf ihrem linken Schulterblatt war ein schwarzer Fleck. Er stand auf.

Sie triumphierte: »Na endlich, hoch mit dir, du Faulpelz.« Sie winkte Jennifer und Brad und signalisierte den Sieg. Ohne dass sie es merken sollte, besah er sich die Stelle, faltig und schwarz wie ein von der Sonne verbranntes Blättchen, von der Größe eines Fingernagels, der auf ihre Schulter zeigte. Und einen wuchernden Eindruck hinterließ.

Er versuchte sich darauf zu konzentrieren. Er, der an keinem Apothekenfenster achtlos vorbeiging, der jedes Plakat im Wartezimmer studierte und sich mit spielerischer Leichtigkeit in jedes Krankheitsbild hineinversetzen konnte. War es wirklich das, wofür er es hielt? Für einen Zweifel war es eigentlich zu groß, die in die junge Haut verbissenen Ränder zu gefräßig.

»Ist was? Was guckst du?«

Er ließ sich wieder in den Sand fallen und zog die Knie an.

»Dann bleib hier.« Sie ließ sich zu ihm hinunter, fuhr ihm durchs Haar, wendete sich dann ab und rannte zur Brandung. Die amerikanischen Bekanntschaften rissen die Arme in die Luft und grölten enttäuscht. Jetzt war sie schon bei den beiden angelangt und machte ihnen vermutlich klar, dass mit ihm nicht zu rechnen sei. Sie schwammen hinaus, blieben lange im Wasser.

Er war jetzt zu unruhig, um sich wieder in den Sand zu legen. Abgesehen von seinen hypochondrischen Ausflügen in fremde Symptome war er niemals wirklich krank gewesen. Aber immerhin hatte er eine gewisse Anschauung davon. Sie hingegen hielt alles von sich fern, was irgendwie nach Krankheit aussah, machte sich lustig über seine – wie sie sagte – übertriebenen Ängste. Lenkte ihn ab, redete auf ihn ein, wenn er nachts wachlag und in sich hineinhorchte.

Das letzte halbe Jahr hatten sie sich wenig gesehen. Von seinen Zweifeln hatte er ihr nicht erzählt. Wenn ihm auf Geschäftsreisen plötzlich auffiel, dass sie ihm überhaupt nicht fehlte, dass er seit Tagen nicht mehr an sie gedacht hatte. Das verwirrte ihn bei einer Frau, die sicher niemandem mehr aus dem Kopf ging, der sie nur einmal gesehen hatte. Jeder Party gab sie einen Mittelpunkt, um den alles kreiste. Er irgendwo an einen Türrahmen gelehnt, wo er nicht weiter auffiel, bis sie ihn abholte und sich nach Hause fahren ließ, strahlend glücklich neben ihm, beim Lachen den Kopf zwischen die Schultern gezogen wie ein Kind. Sorglos, das überzeugendste Argument für ein unbeschwertes Leben. In ihrem Windschatten kam er ohne größeren Aufwand durch. Jetzt war aber etwas eingetreten, das nicht abzusehen war. Warum musste er es ausgerechnet jetzt entdecken? Gleich am ersten Urlaubstag. Sie ahnte nichts. Sie fühlte sich so unglaublich sicher in ihrem Körper.

Vor dem Abendessen – natürlich mit Jennifer und Brad, die schon seit Jahren hierher kamen und die einheimischen Lokale in- und auswendig kannten – stellte sie sich unter die Dusche (ließ die Badezimmertür offen, damit er dazu kommen konnte). Er aber lag auf dem Bett und zappte durch die Programme. Dass auch einige deutsche Sender dabei waren, beruhigte und beunruhigte ihn zugleich. Irgendwie kam er sich beobachtet vor. Sie stieg aus der Dusche und trocknete sich ab, wischte den Spiegel klar, drehte sich davor hin und her.
　Aber nicht weit genug.
　»Ist was mit dir?« Kurz klang es besorgt. Dann trennten sich ihre Blicke wieder. Sie trug eine Creme auf Gesicht und Hals auf. Dabei lehnte sie gegen das Waschbecken und verlagerte das Gewicht auf die Zehenspitzen, dass er ihr von hinten zwischen die Beine sehen konnte.
　Aus ihrer Schulter heraus schaute es ihn an, einäugig. Der einzige dunkle Fleck an ihrem makellosen Körper. Manchmal hatte er sie sich angreifbarer gewünscht, ein solidarisches Loch in ihrer glatten, abweisenden Oberfläche, der nichts etwas anhaben konnte.
　»Was anderes als Fernsehen fällt dir nicht ein?« Sie kam zu ihm, das Handtuch um die Hüften, eigentlich nur ein Vorhang, den sie wirkungsvoll zur Seite zog, als sie direkt vor seinem Gesicht war. Ihm blieb kein Ausweg, ohne alles zu verderben. Er musste jetzt. Jeden Tag genießen, als ob es der letzte wäre.
　Sie zog schon den Reißverschluss seiner Hose auf. Irgendwo

hatte er einmal gelesen, in gewissen Situationen solle ein Mann nicht mehr denken, sondern sein Gehirn mit Zahlenspielen beschäftigen, während sein unabgelenkter Körper instinktiv funktionierte. Vielleicht konnte er so zu einer Maschine werden, die es mit allem aufnehmen konnte.

Zweimal dreiundsechzig minus vierundsiebzig plus fünfundzwanzig, macht siebenundsiebzig weniger achtzehn mal drei. Solange alles in körperlichen Bahnen lief, war sie in ihrem Element und schöpfte keinen Verdacht. Sie glaubte, dass Körper nicht lügen konnten. Insofern sprach er eine eindeutige Wahrheit. Sie beugte sich zu ihm hinunter. Unbewusst legte er die Arme um sie und streifte die Stelle auf ihrem Schulterblatt. Warum war ihm das früher nicht aufgefallen? Sie hatte ihn wohl nicht oft ihren Rücken sehen lassen in letzter Zeit, ihn immer im Auge behalten.

Es war aus. Nichts ging mehr. Er konnte sie nicht anschauen. Sie löste sich langsam von ihm und ging ins Bad. Er blieb einfach so liegen, vollständig bekleidet bis auf die funktional entblößte Schnittstelle. Das Zählen hatte er aufgegeben.

Würde der Fleck größer werden? Wie schnell? Wie lange würde es dauern, bis sie es entdeckte? Beim Abtrocknen, wenn sie mit der Hand daran kam: »Du sag mal, was hab ich denn da?«

Wie würde sie reagieren, wenn er sie darauf hinwies? Er konnte es ihr nicht sagen. Vielleicht glaubte sie ihm gar nicht, lachte ihn aus oder meinte, er wolle ihr Angst machen. Er solle sie in Ruhe lassen und seine narzisstischen Krankheitsfantasien allein ausleben. Sie würde verdrängen, was hinter ihrem Rücken weiterfraß. Was nur er sah.

Bis sie eines Tages aus heiterem Himmel umfallen würde. Im Büro auf den Kokosfaserteppich, auf einer Party mit Sektglas in der Hand, die ultimative Pointe hinauszögernd unter erwartungsvollen Blicken. Oder vom Tisch aufstehen, Jennifer und Brad zurücklassend, die ohne sie gar nicht recht wussten, was sie mit sich anfangen sollten. »Ich bin gleich wieder zurück«, mit viel versprechendem Lächeln und dem Wissen um einen gut trainierten Rücken, flügelartig gewölbte Schulterblätter und gleitende Katzenschultern.

Drei Schritte würde sie schaffen, vielleicht vier. Schwindel und ein hohles Gefühl von Schwäche beim Aufstehen hatte sie ignoriert, ging darüber hinweg, links, rechts, links, rechts, wollte sich umwenden vor der Tür und das Haar über ihre nackten Schultern fließen lassen. Dann war ihr Weg zu Ende und sie fiel einfach um. Untrainiert und nicht sehr sportlich. Sie knickte in der Mitte ein. Schlug den Kopf gegen den Tresen. Wie ein ungehaltener Gast, der mit kräftigen Fäusten die Rechnung verlangt.

Auf der Fahrt ins Krankenhaus würde er bis zuletzt sagen »Alles wird gut, Liebling, hab keine Angst«. Bis ihr die Ärzte Blut abnahmen und die Diagnose stellten. Ihre Verweigerungen konnte er sich schon lebhaft vorstellen. Nie hatte man an ihr herumgeschnitten, sie war vollkommen intakt, nichts fehlte ihr. Ihre Schwachstellen und Problemzonen hatte sie allein im Griff. Medikamente nahm sie aus Prinzip nicht. Als sie ihr die Weisheitszähne gezogen und sie mit drei Schmerztabletten nach Hause geschickt hatten, war sie abends noch tanzen gegangen. Die Tabletten, die sie auf dem Küchentisch liegen ließ, hatte er genommen und im abgedunkelten Wohnzimmer auf den wattigen Moment gewartet.

Sie würde Angst bekommen, es aber nicht zugeben. Sie würde die U-Bahn nehmen, weil sie Angst hatte, am Steuer ohnmächtig zu werden. Sie würde langsamer gehen, weil sie Angst hatte, sich zu erschöpfen. Sie würde Angst haben, ihre Kräfte zu verlieren. Sie, die ihn immer hinter sich hergezogen hatte, würde ihn auch dann mit sich ziehen. Wahrscheinlich sogar rasend schnell, innerhalb weniger Monate.

Während des Urlaubs kam er morgens kaum aus dem Bett, arbeitete die ungeschlafenen Stunden des letzten halben Jahres ab. Dabei träumte er schlecht, sah sie vor sich, die Haut feucht, kalt und weich wie eine Gummi-Prothese. Er wollte sie umarmen und aufs Bett legen, aber sie fiel auseinander. Blut war keines zu sehen, die Gliedmaßen und Organe trennten sich sauber voneinander. Er wusste im Traum, dass er möglichst schnell die Haut andrücken musste, um den aufgelösten Körper wieder zu schließen, aber sie war am Bett festgefroren wie Teig, der an einem Backblech hängen bleibt. Durch die Haut hindurch fühlte er die kalten, harten Organe und versuchte, ihren Schmerz zu spüren, was nicht gelang, obwohl er sich ihre gefrorene Schwere vorstellen konnte. Er überlegte, mit einem Wasserkocher Wasser aufzubrühen, und sah vor sich, wie es den Körper wieder auftaute, so wie heißes Wasser Eisstücke löchrig macht. Aber seine Hände waren auch abgefallen und zwischen ihrem Fleisch nicht mehr zu erkennen. Da hatte er sie neben sich gespürt und war aufgewacht.

Wenn er feststellen musste, dass der Fleck nicht verschwunden oder kleiner geworden war, trug er sich jeden Morgen eine Weile mit dem Gedanken, ob er es ihr sagen sollte. Aber dann entschied er sich dafür, ihr den einen Tag noch zu schenken, den einen noch, und drehte sich zur Seite.

Ein weiterer unbeschwerter Urlaubstag, an dem sie gesund und schön und sorglos aufstehen konnte und er, wie sie neckend sagte, das einzige Problem in ihrem Leben war. Jeden Morgen brachte er ihr vom Frühstücksbüfett alles an den Platz, damit sie nicht aufstehen musste und womöglich mitten im Speisesaal zusammenbrach.

So ging es Tag um Tag. Er schob es immer weiter hinaus. Während sie den Klippenspringern zuschauten, mit dem Jeep durchs Hinterland gefahren wurden oder sie sich ahnungslos in die pralle Sonne legte, was er ihr nicht auszureden wagte. Wo sie doch im Urlaub war. Damit sie keinen Verdacht schöpfte, nicht Angst bekam. Immer ging es ihm durch den Kopf.

Wie sie dastand, die Sonnenbrille ins Haar steckte und sich mit Einheimischen in ihrem anpassungsfähigen Englisch unterhielt, das innerhalb weniger Tage die Landesfarbe annahm wie eine selbstlose Haut. Wie sie die Leute bezauberte durch ihre – von ihm geschenkte – Leichtigkeit. Wie sie sich sicher fühlte unter seinen Augen, die alles von ihr fernhielten, in seiner wachsamen Nähe, und ihn stolz von der Seite ansah.

Jennifer und Brad reisten früher ab. Die letzten Urlaubstage ohne den amerikanischen Leistungssport erstarrten sie in einer trägen Traurigkeit. Die unausgesprochene Last wurde schwerer, je näher der Abflug rückte. Die Auszeit lief ab. Ihren letzten Abend verbrachten sie in dem Lokal, das ihnen die ortskundigen Körpermenschen gezeigt hatten. Sie sprachen nur wenig und wichen einander aus. Vielleicht dachte sie, dass er sie nicht mehr liebe, was man ihr nur sexuell wirklich glaubhaft machen konnte. Je später es wurde, umso unausweichlicher schien der Liebesbeweis. Es blieb nicht mehr allzu viel übrig. Sie wollte sich noch vom Meer verabschieden und stand eine Weile in der nächtlichen Brandung, die Sandalen in der Hand. Er hielt sich etwas abseits, als stehe er Schmiere oder wolle nicht stören. Dann kam sie zurück. Er konnte nicht sehen, ob sie geweint hatte.

Im Hotel zog sie sich schweigend aus und ging ins Bad. Es war nicht zu sagen, ob sie enttäuscht, müde oder auf beunruhigendere Weise erschöpft war. Er ertrug nicht, wie langsam sie sich bewegte, wie ungewohnt zurückhaltend sie war. Als sie das Wasserglas im Bad füllte, schien ihre Hand leicht zu zittern. Er stellte sich hinter sie und musste wieder auf die schwarze Haut auf ihrem Rücken schauen. Sie beobachtete ihn im Spiegel. »Was ist? Hab ich da was?« Er sah ihren Arm auf dem Rücken erscheinen, der vielleicht eine Mücke, ein Fädchen oder einen Stich vermutete. Er sah die Finger über die Schulterblätter greifen, ungelenk und hilflos und ein entscheidendes Stück zu kurz. »Den schönsten Rücken der Welt«, sagte er und küsste sie auf die Schulter, um sich nicht im Spiegel in die Augen sehen zu müssen. Mit einem Mal schien sie erlöst, wie verzaubert, und drehte sich nach ihm um, legte ihre Hände auf sein Gesicht. Wie eine enger werdende Spirale kreiste alles um sie herum, bis sie im Bett lagen und sie sich an seine Brust klammerte. Er wollte sie bedecken und schob sich über sie. Am Unterarm spürte er den raurandigen Widerstand. Mit der anderen Hand machte er sie sich weit. Es ging schnell. Sie bewegte sich unter ihm, als ob sie ihre letzten Kräfte verschwenden wollte. Er war froh, dass sie nicht mehr hinfällig wirkte.

Als er noch auf ihr lag, kam ihm der Gedanke, sein Samen könnte aus dem gefräßigen Loch in ihrem Rücken wieder herausfließen und ins Leintuch eintrocknen. Das würgte ihn, bis seine Tränen über ihre Schultern liefen.

»Ist ja gut«, sagte sie und streichelte seinen Kopf.

Enno Zweyner

in unserem ward'schen kasten
[stating the fucking obvious]

dich zu lieben sind die zwei besten dinge
[*purple bulldozers in the comfort zone*]

in meiner haut läuft allabendlich ein ich
zu dir steckt dann sogar gerne drin hört

dir mit dir beim schlosslüfte entzwei
schneiden zu hört wie sie dabei eins

und am ende mehr werden als doppelt
so viel wunsch sehnen wolkenheim all

dieser komplett kaputte scheiß eben
und ein ganzer tag hat immerhin laut dir

achtundvierzig volle stunden sonnenschein
sagst du wenn wir zusammen sind willst

von mir wissen wie ich dich mir eigentlich
denke wenn ich dich denke fragst ob ich

dich denn auch schon anders gedacht habe
habe ich klar meinst du mehrfach anders

ginge das vermutlich nicht träume müsse
man eben italienisch in schubladen horten

und mit dem gewicht von zweimal vier und
zwanzig schmetterlingen auf den schmalen

schultern begleitet meine haut die nacht
instinkthalber nebst ich nach hause denn

bleiben würde dich und mich unmöglichen
wenig übrig viel weniger noch zu wünschen

offen lassen sollte man nach möglichkeit das
ahne selbst ich ein noch einmal später mehr

wellen wie wow
[*blue screen rallye*]

der boden gähnt schickt sich an mich zu
schlucken dieser schuft sommer zwischen

den möwen gehen die stunden mit mir
joggen die horizonte weit in richtung

kamera nur um mein ungeteiltes interesse
galoppiert blauhufig das meer unter den

wechselnden wettern entlang souffliert der
blick mir die weite und fern peilt licht sinn

es organ nach halt und ich vermisse nein
beneide den warmen abendstrand um seine

dämmerung welche mich zurück ins hotel
zu den topfpalmen geleitet unter denen am

pool ein neues liebespaar sitzt was man
sieht die aber selbst sehen niemanden klar

gehe ich noch an die bar höre von dort
auf das rauschen der liegestühle und das

kratzen des sandes auf der karte mit der
strecke die ich auch morgen wie immer

da ich weder einfallsreich noch dumm und
nur letztendlich bin nicht erinnern werde

dies zu glauben wir am ende gern
[*a freudian slip or the rapid decline*]

ruf schöner neuer satz die männer wandeln sich spuren
die frauen seilen sich ab auf und davon wollen wir alle

und wir beide gleich mit hüben wo die tagenden bäume
das passepartout für die lichtlichtung geben wir nonstop

hirn magen geschlecht so zum entdrei platzen tja uneins
synchronisationsratschläge aus lecker laber rhabarber in

fester nachsicht und fleischwarm einer dem anderen mit
auf den einfach schwer einigenden weg gen drüben wo

mensch es in der fragestellung treibt sich deshalb selten
schamlos missioniert weil ruf schöner neuer satz was hier

passiert das kontaminiert ratzfatz uns und noch nebenbei
darf man es so sagen die täglich verordnete messerspitze

glücksglücks de luxe pur die es dringend braucht denn
wir wären darauf mein haus mein auto mein wort nur

aus mann und frau gemacht allein auf uns und die spalier
stehende normative kraft des rein faktischen gestellt die

zwei beiden mediokren gestalten die wir sind wir ehrlich
nun einmal unbestreitbar sind mimen und einander doch

ein rätsel wie lob debris debris an den ort der dings ehm
der l punkt ruf schöner neuer satz kehrt man nicht zurück

bittertarnung für ein falsches älterwerden
[*raised by tv pop and so chilled by death*]

peu à peu beimauern die a's und o's nur so aus
der brust gedrückt dabei tun wir so als würden

wir leben als würden wir sterben so als würden
wir pro leben ein leben führen motten wir die

betagte zukunft ein wir stellen fest nicht dusty
einige ziele werden gepackt andere eben don't

look back in engere zimmer ziehen wir niemals
wieder gesetzt ist alles wird spuk oder besser

sprich gut darauf gebaut bauen wir immer fort
erlegen sture zirrokumuluskuckucke überlegen

dass es eigentlich supergeil wäre wenn einfach
alles superdupertoll wäre sich einfach zackzack

zu verpissen einen bart stehen zu lassen logisch
eine andere identität anzunehmen auf jeden fall

gefälschten passes umherzutraveln vermisst zu
sein noch mal von vorn anzufangen etcetera und

das ist stellen wir bald fest natürlich unfug grob
albern saudumm speziell die sache mit dem bart

ins auge die welt geleert
[*all systems reset*]

steigen in den morgen in unsere hosen und shirts
dem ich weiß nicht wem oder was hinterher überall

um uns herum nur müdes orange und in meiner vorstellung
verschwinden wir dann einfach grobpixelig werdend in

einer animierten landschaft und ins innere schleicht äh
so etwas wie ein virus deformiert die daten das datenranking

und die daten lösen sich bit für bit auf undenkbar ja
menschliche art am ende auf und ab und zu guter letzt

bleibt mal wieder nichts bis auf den berühmten balken der
von links nach rechts über den bildschirm balkt oder

wie immer man das nennt wandert wandert wandert
loading loading waiting loading waiting worauf worauf

es auch ankommen mag in unserem ward'schen kasten die
aufgabe scheint relativ klar stating the fucking obvious nur

was aber gilt draußen weit welche klischees schablonen
nein wessen programm erträgt man überhaupt auf dauer

pfeifen es die katzen von den dächern das wissen wir
alles grau die nicht kanonierten spatzen werden einfach

geschluckt ein script eingeschleust das eine unzahl an
fenstern an fenstern öffnet sich zugriff verschafft auf alle

gründe diese gründe löscht innerhalb der zeit die bleibt die
wie immer sie geht geht bis wir dann mit unserem account

nach kurzer pause wieder in den nächsten morgen in
unsere hosen und shirts steigen dem ich weiß nicht wem

oder was hinterher paste and cartridge return copy paste
backspace paste copy paste backspace backspace backspace

agenten ohne hüte
[*corporate citizenship*]

schwachen willens besten verstandes inhalierst
du fremden atem unter welchem du dir nichts

vorstellen kannst der noch nicht gilt wie etwa
die blassen fingerhautspuren auf glas die dich

was keinen interessiert bis zum nächsten spülen
des geschirrs als gast entlarven würden ohne

mühe könnte der bar in dir nistende code ob
gebeten ob nur spur spürst du weißt denkst du

vieles dir noch viel komplizierter und machen
lässt sich immer etwas mögliches genügt dann

manchmal schon reicht vollkommen zu sein
für momente für einen gegenüber für später

nämlich spät wieder zu hause hörst du noch
einmal flachen atem gehen atmest atmest aus

schwerkraft kann so anstrengend oder genau
das gegenteil sein mit einem ohr an einem dir

vertrauten rücken der keine ahnung hat wie es
weitergeht es doch aber irgendwie immer immer

du lügst jaha ich glaube dir
[*click thumbnail to enlarge*]

nach jahren batteriebetrieb plötzlich ein netz kommando
pimperle sagt der lotse climb climb increase climb grüße

scha na ne na papierschirme zwei strohhalme alles bunte
und dufte getränke all inclusive trocknet die ortsübliche

artig postkartige sonne vom fels die spuren emigrierter
körper sehr zu komfort kommend so stellst du jedenfalls

gemeinsam urlaub dir das vor kommando pimperle edelst
kitscht edelkitsch ich bin dabei provide mich an und dir

nachreiter crawlen wir in meiner laune vereint verfeinern
die aktuelle suchoption in deinem gesicht das neugegiere

error 404 in dem süppchen ein haar page not found aber
heißt das nicht will ich von dir wissen umgekehrt dass

man nicht verhindern kann überhaupt zu finden zwinkre
dir zu und kommando pimperle sage alle späher fliegen

auf während deine hände furniertes holz berührend sich
dabei to unplug me nicht bewegen descend descend sollte

der tower jetzt melden increase descend aber was passiert
ist es gibt mich gibt mich nicht es gibt mich summst du

sagst warum vielmehr nichts ist und wenig etwas gerade
diese frage sei glaubst du leichter gestellt als beantwortet

fernsehfresserpicknick
[*sudden death of a clown*]

das habe ich nun wirklich nicht gewollt
weißblitz zoom wir liegen kasperesk

gestimmt rücklings im gras eine nacht
zerteilt zwei bocklangweilige tage die

irgendwie so old school frühjahrsmüde
spielen ich murmle unüberhörbar müsste

sollte man nicht wieder mehr in höhlen
wohnen weil zwölftonmusik zu viel krach

macht und peng augenblicklich herrscht
stille die reviergesänge der vorstadtgrillen

verstummen keiner lacht genau das aber
will ich will das jetzt gelacht wird doch

niemand tut mir den gefallen viel später
erst als jemand anderes etwas zum besten

gibt erzählt dass definitiv jeder einen tod
gut hat was zugegeben nicht nur ganz geil

klingt sondern in der sache ebenso richtig
ist schwingt könig frohsinn dann wieder

sein zepter cut schwarzbild und in jenem
moment war der lauteste sicher ich credits

nurmehr sonderbar immergleiches
[*state of the art the hard beat remix*]

schnee wirbelt im haus und im keller streichen
finger steine entlang und wind und wolken und

wellen tun was immer so wem in den kram ins
bild dabei passt jedes o stöckchen klein o organ

rot sieht die kardiologin am geöffneten leibe es
wütet ein ungeteiltes interesse auf manch einem

kranken menschenverstande herum schwurbelt
loopt kasteit dissed knechtet buckelt probebohrt

doch bitte wo was wie und wenn ihr wollt haha
von uns aus egal sowieso aber hat das vielleicht

neuigkeitswert dass so wie der schnabel wuchs
zwischen welt und ich mehr ja aber hallo mehr

passt als kein blatt papier mehr zwischen irden
jammertal und die verkappt getarnten riesigen

scheinozeanzwerge welche auf den kurzbeinen
garn spinnend flunkern das meer würde küsten

bewegen tut sich und jene allerdings hienieden
in der seltsamwelt aus alltag plastik alphabeten

merkwürdig wenig und nichts verrät uns meist
nägelkauenden maulhelden dann zum beispiel

wie die bohrung nach der probebohrung heißt
vielleicht ja loch oder doch anders but anyway

thank you kindly my knirpse for the copulation
wir hatten staub machen uns jetzt aus dem spaß

Die Autoren

Carolin Blumenberg, geboren 1974 in Hamburg, studierte dort Architektur. Nach einer einjährigen Reise durch Europa studiert sie heute Philosophie, Geschichte und Politikwissenschaften in Berlin.

Nora Bossong, geboren 1982 in Bremen, studiert in Leipzig am Deutschen Literaturinstitut. Sie veröffentlichte in Literaturzeitschriften und Anthologien, u.a. in »Das Gedicht«, »Stint«, »Jahrbuch der Lyrik 2004«. Sie erhielt 2001 das Bremer Autorenstipendium und nahm am 7. Klagenfurter Literaturkurs 2003 teil.

Manuela Branz, geboren 1967 in Stuttgart, hat nach Ausflügen in die Philosophie und Malerei mit dem Schreiben begonnen. Seit 2001 studiert sie Kreatives Schreiben und Kulturjournalismus in Hildesheim. Sie veröffentlichte in Literaturzeitschriften und erhielt 2003 ein Stipendium des Landes Niedersachsen.

Renatus Deckert, geboren 1977 in Dresden, lebt in Berlin. Studium der Literatur und Philosophie in Hamburg, Berlin und Paris. Mitherausgeber der Literaturzeitschrift »Lose Blätter«. Veröffentlichte Lyrik, Prosa und essayistische Arbeiten sowie Übersetzungen aus dem Französischen u.a. in: »Sinn und Form«, »Neue deutsche Literatur«, »Das Gedicht« und »Lyrik von Jetzt«.

Kirsten Fuchs, geboren 1977 in Karl-Marx-Stadt, lebt als Autorin und Tischlerin in Berlin und leitet seit mehreren Jahren Arbeitsgruppen beim Berliner »Workshop Schreiben«. Mitglied der Lesebühnen »Erfolgsschriftsteller im Schacht«, »Marabühne«, »O-Ton Ute«. Preise: »Treffen Junger Autoren« 1997, Berliner Jugendliteraturpreis 1999. Sie veröffentlichte in Zeitungen und Zeitschriften und ist Kolumnistin der taz.

Franziska Gerstenberg, geboren 1979 in Dresden, studierte am Deutschen Literaturinstitut in Leipzig. Seit 2002 Mitherausgeberin der Literaturzeitschrift EDIT. Mehrere Preise und Stipendien, Veröffentlichungen in Zeitschriften und Anthologien. Ein Band mit Erzählungen wird unter dem Titel »Wie viel Vögel« im Februar 2004 im Verlag Schöffling & Co. erscheinen.

Petra Lehmkuhl, geboren 1975 in Bremen, Studium der Kunstgeschichte in Wien und Berlin. Journalistische Arbeiten für z.B. »Theater der Zeit«. Arbeit im Kunstauktionshaus und Kunstführungen. Veröffentlichungen in der Wiener Zeitschrift »Zeitzoo« und in Anthologien der »edition exil«, Wien.

Sünje Lewejohann, geboren 1972 in Flensburg, studierte Germanistik und Skandinavistik in Berlin, veröffentlichte Erzählungen in verschiedenen Anthologien. Seit Oktober 2002 Studium am Deutschen Literaturinstitut Leipzig. Mit der Erzählung »Im Farnschatten« nahm sie beim Ingeborg Bachmann Wettbewerb 2003 in Klagenfurt teil. Stipendium des Künstlerhauses Lukas 2004.

Jörg Metelmann, geboren 1970 in Kellinghusen, arbeitete nach einem Studium der Literatur und Philosophie als Buchhändler und ist heute an der Humboldt-Universität und als Radio-Autor tätig.

Stephanie Mock, geboren 1975 in Norddeutschland, aufgewachsen überwiegend in Süddeutschland und lebt in Berlin. Ausbildung zur Rechtsanwaltsgehilfin, danach Redaktionsassistenz beim Rundfunk. Studium der Kulturwissenschaft und Neueren deutschen Literatur.

Giuliano Musio, geboren 1977, studiert deutsche und englische Literaturwissenschaft in Bern. Seit einem Jahr arbeitet er an dem Romanprojekt »Fieberschläfer«.

Carsten Otte, geboren 1972, lebt in Baden-Baden und Berlin. »Reise in die Vergangenheit« ist ein Auszug aus dem Roman »Schweineöde«, der im Frühjahr 2004 im Eichborn Verlag erscheint.

Veronika Reichl, geboren 1973 in Baltimore/USA, studierte »Kommunikationsdesign« und »European Master of Media Art« an der Merz-Akademie in Stuttgart. Seit 1999 arbeitet sie als freie Konzepterin und Texterin. Verschiedene Ausstellungen, Lesungen und Vorträge. Zurzeit arbeitet sie an einem PhD im Fach »Art, Design and Media« zur Visualiserung philosophischer Begriffe.

Roland Scheerer, geboren 1974, studierte in Regensburg, Warschau und München. Teilnahme am »Manuskriptum«-Seminar der LMU. Zahlreiche Auftritte, u.a. 2001 beim Hamburger »German International Poetry Slam«. 2003 erhielt er für ein Kapitel aus seinem Roman »Tarantino, Tamagochi« den Bayerisch-Schwäbischen Literaturpreis.

Anette Selg, geboren 1968 in Tuttlingen, Studium der Anglistik und Romanistik in Heidelberg und Lyon. Verlagsmitarbeit in Berlin und New York. Aufenthaltsstipendium des Künstlerdorfs Schöppingen, Arbeitsstipendium des Berliner Senats. Sie lebt als freie Lektorin und Herausgeberin in Berlin.

Thomas von Steinaecker, geboren 1977 in Traunstein, studierte Neuere deutsche, englische und amerikanische Literaturwissenschaft in München und Cincinnati. Seit 2003 Promotion über »Fotografien in den Texten Brinkmanns, Kluges und Sebalds«. 2003 Stipendiat der Autorenwerkstatt des LCB (Literarisches Colloquium Berlin).

Achim Stricker, geboren 1973, studierte Neuere deutsche Literatur, Musikwissenschaft und Philosophie in Berlin. Zurzeit Lehrauftrag für Neuere deutsche Literatur an der Universität Tübingen. Zertifikat des Tübinger Schreibseminars Studio Literatur und Theater. Veröffentlichungen in Zeitschriften und Anthologien, u.a. in »bella triste« und EDIT. Einladung zum 10. Open Mike 2002, Anerkennungspreis beim 7. Wiener Werkstattpreis 2002.

Enno Zweyner, geboren 1970, Studium der Literaturwissenschaft in Kiel, Tübingen und Berlin sowie Maschinenbaustudium an der RWTH Aachen. Diverse Veröffentlichungen in Zeitungen und Zeitschriften.

Die Jury

Karen Duve, geboren 1961 in Hamburg. Seit 1990 freie Autorin. Stipendienaufenthalte im Rowohlt-Haus in New York und dem Stuttgarter Schloss Solitude, 2000 Gast des Goethe-Instituts in Vietnam. Zahlreiche Auszeichnungen für das erzählerische Werk, u.a. den Preis für junge Prosa, Arnsberg 1991; den Open Mike 1994 und den Literatur-Förderpreis, Hamburg 2001. Sie lebt in Brunsbüttel bei Hamburg. Veröffentlichungen u.a.: »Lexikon berühmter Tiere«, Eichborn 1997; »Regenroman«, Eichborn 1999; »Keine Ahnung«, Suhrkamp 2000; »Dies ist kein Liebeslied«, Eichborn 2002.

Ingomar von Kieseritzky, geboren 1944 in Dresden. Requisiteur in Basel, danach mehrere Jahre Buchhändler in West-Berlin und Göttingen. Seit 1971 freier Schriftsteller. 1988 Bremer Literaturpreis, 1999 Kasseler Literaturpreis für Grotesken Humor. Er lebt und arbeitet in Berlin. Veröffentlichung u.a.: »Buch der Desaster«, Klett-Cotta 1988; »Der Frauenplan«, Klett-Cotta 1991; »Unter Tanten und andere Stilleben«, Klett-Cotta 1996; »Kleiner Reiseführer ins Nichts«, Klett-Cotta 1999; »Da kann man nichts machen«, Klett-Cotta 2001.

Ferdinand Schmatz, geboren 1953 in Niederösterreich. Studium der Germanistik, Geschichte und Philosophie in Wien. 1981-1983 Lektor in Tokio, Lehrbeauftragter an der Hochschule für angewandte Kunst in Wien. Herausgeber des Werkes von Reinhard Priessnitz. Publiziert in verschiedenen Literaturzeitschriften und Anthologien. Lebt als freier Autor in Wien. Zahlreiche Literaturpreise, u.a. 2003 Anton Wildgans Preis. Veröffentlichungen u.a.: »Der gesamte Lauf«, 1977; »der (ge)dichte lauf«, 1981; »die wolke und die uhr«, 1986; »speise gedichte«, 1992; »Dschungel allfach«, Haymon-Verlag 1996; Maler als Stifter, Haymon-Verlag 1997; »das grosse babel,n,« Haymon-Verlag 1999, »Portierisch«, Haymon-Verlag 2001.

Preisträger und Jury 1993–2002

Jahr	Jury	Preisträger
1993	Uwe Kolbe Ginka Steinwachs Peter Wawerzinek	Wolfgang Schlenker Tim Krohn Kathrin Röggla
1994	Bodo Hell Katja Lange-Müller Michael Wildenhain	Ulf Stolterfoth Karen Duve Michael Müller
1995	Sabine Peters Walter Klier Jan Faktor	Julia Franck Sabine Neumann Christian Futscher
1996	Friederike Kretzen Kerstin Hensel Wilhelm Bartsch	Marcus Jensen Vera Henkel Olaf Behrens
1997	Margit Schreiner Kurt Drawert Michael Roes Burkhard Spinnen	Robby Dannenberg Björn Kuhligk Terezia Móra
1998	Brigitte Oleschinski Marlene Streeruwitz Georg M. Oswald	Boris Preckwitz Stephan Groetzner Tobias Hülswitt
1999	Birgit Vanderbeke Kathrin Schmidt Arnold Stadler	Almut Tina Schmidt Jochen Schmidt Michael Stauffer

Jahr	Jury	Preisträger
2000	Terezia Móra Gerhard Falkner Silvio Huonder	Zsusza Bánk Claudia Klischat Markus Orths
2001	Julia Franck Jens Sparschuh Adolf Muschg	Nico Bleutge Erika Anna Markmiller Tilman Rammstedt
2002	Ulrike Draesner Josef Haslinger Birgit Kemper	Kai Weyand Christian Schünemann Ariane Grundies